BRUXARIAS DE NATAL

COLLEEN CROSS

OUTRAS OBRAS DE COLLEEN CROSS

Boletim informativo de novos lançamentos
    http://eepurl.com/c0jHW1

Série de Aventuras de Suspense e Mistério com a Investigadora Katerina Carter
    Teoria dos Jogos
    Fórmula Mortal
    Greenwashing : A Farsa Verde
    A Farsa Vermelha - uma curta história

Série Mistérios das Bruxas de Westwick
    Que Bruxaria é Essa?
    Bruxas aos Farrapos
    Bruxas e Famosas
    Bruxarias de Natal

Não ficção
    Anatomy of a Ponzi Scheme

BRUXARIAS DE NATAL

Coma, beba e seja envenenado...

Cendrine West estava ansiosa para ter uma ceia de véspera de Natal aconchegante e gostosa quando uma tempestade chega, trazendo uma enxurrada de convidados inesperados. Mas bruxas desastradas e feitiços malcriados são uma receita para o desastre, especialmente quando uma convidada morre. O lado investigativo de Cendrine a faz descobrir uma trama do tamanho da lista de presentes do Papai Noel e todos são suspeitos, inclusive seu namorado maravilhoso, o delegado.

Foi um acidente terrível de uma bruxa bêbada... ou algo mais sinistro? A morte está no cardápio esta noite e só a magia pode desvendar a verdade neste romance enfeitiçante, emocionante e natalino!

Os Mistérios das Bruxas de Westwick são para fãs de livros de mistérios leves e divertidos com um toque sobrenatural! Caso ainda não tenha lido os três primeiros livros da série, Que Bruxaria é Essa?, Bruxas aos Farrapos e Bruxas e Famosas, compre-os agora mesmo por um preço especial com o conjunto Mistério Mágico das Bruxas de Westwick.

"Bruxas e suspense... eu adorei!"

"Cinco estrelas para minha combinação preferida de magia, visco e assassinato!"

"... Uma deliciosa mistura de bruxaria e coisas sobrenaturais. Se você gosta de mistérios de bruxas, amará Cendrine West e sua família doida de bruxas!"

"... Um dos melhores livros de mistério paranormal que li nos últimos tempos. Um mistério criativo de detetive que combina os melhores mistérios de um romance enigmático de Agatha Christie com os livros fantasiosos de Harry Potter. Magia para adultos!"

Mistérios de bruxas para fãs de livros de mistérios leves e divertidos com um toque sobrenatural!

* * *

Westwick Corners não é uma cidade pequena típica. Nem mesmo uma cidade fantasma normal. É para onde as pessoas vão para não serem encontradas e bruxas vão para trabalhar em sua magia sem atrair muita atenção. A combinação sempre cria vários mistérios divertidos e interessantes, onde as bruxas estão sempre no centro da confusão!

A comida de Ruby, o instinto investigativo amador de Cendrine e a escola de encantamento de Tia Pearl estão sempre procurando o ingrediente secreto que levarão as bruxas à fama e à fortuna e colocarão a cidade pequena de Westwick Corners de volta no mapa. As bruxas estão sempre atrás de novas oportunidades de negócios como o Westwick Corners Inn, o Ponto do Feitiço e, é claro, a Escola de Encantamento de Pearl, onde as bruxas vão para desvendar enigmas, lançar feitiços mágicos e criar os próprios mistérios sobrenaturais. É uma pena que elas estejam sempre se distraindo com todas as coisas estranham que acontecem em Westwick Corners, de pequenos delitos a assassinatos.

A família West está em Westwick Corners desde sempre e é onde ficará para sempre. Elas descendem de uma longa linha de bruxas que habitaram Westwick Corners desde o início.

Bruxas que desvendam mistérios, resolvem crimes e ajudam os necessitados. Elas são, coletivamente, um tipo de bruxas que faz tudo, pois é isso que se faz em uma cidade pequena. Todos ajudam. Até mesmo a fantasma de Vovó Vi investiga e ajuda. Mas, quando todas se juntam, não é sempre na mesma direção! Se você gosta de um bom enigma, boas risadas e uma boa série de mistérios de bruxas, amará esta série! Disponível tanto como e-books e como livros físicos. Desde que leitores como você gostem desses mistérios engraçados, continuarei escrevendo-os. Obrigada por ler!

Os Mistérios das Bruxas de Westwick em ordem:

Que Bruxaria é Essa?

Bruxas aos Farrapos

Bruxas e Famosas

Bruxarias de Natal

FELIZ NATAL DAS BRUXAS DE WESTWICK!

Noite de Natal, a neve como um chuvisco
Cai e as bruxas beijam os amados sob o visco
Os Wests têm convidados inusitados
Um deles é dos românticos apaixonados.

As bruxas estão sempre com algo a tramar
Procurando regras de bruxa a quebrar,
Até que uma coisa causa frio na barriga
E numa reviravolta algo intriga.

As bruxas se entopem de bebida e comida
Chegam logo ao limite após toda essa lida
de caos e magia excessiva e, dessa sorte,
acabarão por chegar assim ao Polo Norte.

Apesar de todo esse augúrio tão festivo
Um convidado pagará intempestivo
enquanto isso uma tempestade descomunal
fará a viagem ser assim sensacional!

CAPÍTULO 1

O Natal é a minha época favorita do ano. Este ano principalmente porque era meu primeiro feriado com Tyler. Só de pensar em meu namorado alto e forte, abri um sorriso. Mal podia esperar para vê-lo. Ele ainda estava no trabalho e um pouco atrasado por causa da grande tempestade de neve que tomara conta de Westwick Corners, isolando-nos do resto do mundo.

Sua chegada atrasada só deixou minha antecipação mais doce. Minha pulsação acelerou ao me imaginar beijando-o, os braços fortes em volta da minha cintura. Nossa primeira véspera de Natal seria um feriado que lembraríamos e pelo qual teríamos muito carinho por muito, muito tempo.

Como delegado de Westwick Corners e o único executor da lei, Tyler Gates estava sempre ocupado. Na maioria das vezes por causa da Tia Pearl, que sempre transgredia e geralmente dificultava a vida de Tyler. A prioridade dela era tirá-lo da cidade, assim como fizera com todos os delegados antes dele.

Eu esperava que aquela noite fosse diferente, em parte porque Tia Pearl não estava arranjando problemas para ele durante a tempestade de neve. Em vez disso, ela ficara perto da casa o dia inteiro com o resto da família. Aquilo era muito incomum para minha tia antissocial. Mas a parte mais estranha de todas era que fora Tia Pearl que convidara Tyler para se juntar a nós em nosso jantar tradicional de véspera de Natal.

Eu planejara nossas festividades durante semanas, tudo ao mínimo detalhe. O Natal era a única época do ano em que fechávamos o negócio e dávamos uma pausa na nossa vida corrida.

Ser uma bruxa não significava ter dinheiro, portanto, todas nós precisávamos de trabalho para nos sustentar. Convertêramos a mansão da família no Westwick Corners Inn, um hotel aconchegante. Além disso, em nossa propriedade havia uma pequena vinícola e o Ponto do Feitiço, um bar principalmente para os habitantes locais.

A casa de nossa família fora reformada por necessidade porque não havia trabalhos viáveis em nossa cidade quase fantasma. Tudo mudava durante uma semana curta na época do Natal, quando fechávamos e a pousada voltava a ser o local de reunião da família mais uma vez.

Além dos meus deveres na pousada, eu também cuidava de um jornal, o Westwick Corners Weekly. Eu acabara de publicar a edição de Natal e já escrevera os artigos para a semana seguinte. Nada nunca acontecia na pequena Westwick Corners, portanto, eu podia fechar as operações do jornal de que cuidava sozinha durante o feriado.

Eu estava ansiosa pelo jantar da véspera de Natal havia semanas e queria que fosse o primeiro de muitos feriados para lembrar com Tyler.

E, ainda assim, as coisas não estavam saindo como o planejado.

Eu estava tendo o Natal com neve que sempre sonhara, mas a maravilha invernal do lado de fora se transformara em uma prisão invernal. Já havia vários metros de neve no chão e, a cada hora, mais neve caía. Tudo aquilo seria perfeito se eu e Tyler estivéssemos abraçados em frente a uma lareira enquanto os flocos de neve caíam do lado de fora.

Em vez disto, Tyler estava na estrada ajudando motoristas presos. Fechei os olhos e suspirei. Por que a tempestade não esperara só mais um dia? Estremeci com a possibilidade de Tyler ficar preso lá. As estradas eram traiçoeiras. Já escurecera e eu não soubera dele durante o dia inteiro. Fiquei preocupada que ele não conseguisse chegar a tempo para o jantar da véspera de Natal.

Normalmente, eu adorava a calmaria que vinha com a neve, mas aquela noite era diferente. A tempestade de inverno explodira rápida e inesperadamente naquela manhã com ventos fortes e acúmulos de neve grandes o suficiente para soterrar carros. E ela parecia mais forte agora. Fechei os olhos e imaginei Tyler e eu, finalmente juntos, embaixo do visco. Agora minha antecipação tinha um toque de preocupação.

Peguei o telefone do bolso e liguei para ele. Pareceu passar uma eternidade antes que ele atendesse.

— Cen... eu já ia ligar para você. — A voz profunda de Tyler soou distante e estática. — Acabei de ajudar um semirreboque que estava preso. As estradas estão praticamente intransitáveis agora, mas estou a caminho. Estarei aí em breve. Estou com saudade.

— Também estou com saudade. — Só o fato de imaginar os olhos castanhos e acolhedores de Tyler me fez abrir um sorriso. Nós nos víamos todos os dias. Na verdade, era difícil não nos encontrarmos em nossa minúscula cidade quase fantasma. No entanto, recentemente, estávamos trabalhando tanto que não tínhamos muito tempo para ficarmos juntos. — Direi à Mamãe para segurar o jantar. Só chegue o mais rápido que conseguir.

Suspirei enquanto desligava o telefone. Em seguida, lembrei-me do outro problema em meus planos.

Merlinda.

A melhor estudante de Tia Pearl não fora para casa em Vanuatu no feriado como planejado. O voo de volta para seu paraíso tropical no sul do Pacífico fora cancelado por causa da tempestade de neve. Agora, ela passaria o Natal conosco.

Merlinda era uma bruxa em treinamento extremamente poderosa. Ela tinha tudo sem esforço algum. Basicamente, ela era tudo que eu não conseguia ser. Não era como se eu não gostasse dela. Na verdade, eu mal a conhecia. Ela estava sempre enfiada em um livro de feitiços e ficava geralmente na dela. Eu só a via de passagem porque ficava na pousada da família enquanto assistia às aulas da Escola de Encantamento de Pearl.

Agora, Merlinda faria parte de nosso tempo em família especial e eu não gostara nem um pouco disso. Eu quase me sentia como uma estranha em minha casa quando ela estava ali. Tia Pearl mimava sua estudante de estimação e basicamente ignorava o resto de nós. Até mesmo Mamãe e Tia Amber pareciam completamente encantadas por Merlinda. Perto dela, eu me sentia incompetente como bruxa. E também me sentia invisível.

O conjuramento de feitiços de Merlinda era um dos melhores e ela nem acabara a escola ainda. Além de tudo, ela era linda. O visual escuro e exótico chamara a atenção dos olhares nas poucas vezes em que se aventurara pela cidade. Ela nunca socializava, o que a deixava mais misteriosa e atraente para todos os homens em Westwick Corners. Eles ficavam fascinados com sua beleza e o sotaque charmoso do sul do Pacífico.

Eu deveria estar ajudando Mamãe e Tia Amber na cozinha com o jantar, mas conseguira me livrar porque elas tinham notado meu humor azedo. Em vez disto, observei a sala de estar, esperando que a decoração festiva me animasse.

Para bruxas, éramos bem tradicionais em se tratando da véspera de Natal. A sala de estar estava completamente decorada com luzes, decorações natalinas e coisas brilhantes para o feriado. Uma árvore de Natal de cerca de dois metros de altura fora colocada em um dos lados da lareira e meias natalinas feitas à mão estavam penduradas. Havia uma meia para cada uma de nós: Mamãe, Tia Amber, Tia Pearl e eu. E uma a mais que Mamãe fizera para Merlinda naquela manhã quando soubera que seu voo fora cancelado.

Ter Merlinda ali estragara tudo. Eu me sentia culpada por pensar desta forma, mas também sentia que a presença dela trazia à tona o pior de Tia Pearl. Além disso, eu tinha que admitir, sentia mais do que um pouco de ciúmes de Merlinda. A bruxaria, e todo o resto, vinha para ela sem esforço algum.

Como um sinal, Merlinda e Tia Pearl entraram pela porta, rindo enquanto tiravam as botas cheias de neve na entrada.

Aquela era outra coisa que me incomodava. Minha tia piromaníaca e mal-humorada normalmente ficava sozinha e causava problemas, procurando o que fazer para tirar delegados, como Tyler, da cidade. Mas, com a presença de Merlinda, ela se transformara em uma mulher risonha que fazia o bem, espalhando a magia do bem. Com Merlinda, claro, não comigo.

Tia Pearl e Merlinda entraram na sala de estar sem parecer notar a minha presença enquanto riam de um feitiço avançado que estava muito além das minhas habilidades. Que droga, eu não conseguia nem entender o que elas estavam falando. Em minutos, elas começaram a lançar hologramas de duendes e renas, uma tentando superar a outra.

Tia Pearl até se arrumara para o jantar. Ela vestia um terninho de veludo verde, provavelmente escolhido por motivos práticos. Ele parecia festivo e bonito, e não limitava os movimentos para sua busca atlética. O que ela chamava de busca atlética, eu considerava incêndio, assim como a maioria das pessoas na cidade que estava sempre alerta para o fogo. Ou, melhor dizendo, estava sempre alerta para Pearl, quando o clima estava melhor. Com sorte, a véspera de Natal e a tempestade do lado de fora seriam distração suficiente para mantê-la fora de problemas durante uma noite.

Tyler, como o único agente da lei em Westwick Corners, já estava exausto com os eventos relacionados à neve daquele dia. Ele não precisava passar a véspera de Natal de olho em Tia Pearl. Isso quando conseguisse chegar ali.

Meus pensamentos foram interrompidos pelo barulho da pulseira de Tia Pearl, que abanou o braço com um floreio.

Merlinda riu, mostrando um grande sorriso branco.

O ciúmes que eu sentia era inteiramente minha culpa. Merlinda não tinha como evitar ser tão linda. E a responsabilidade era toda minha por não estudar melhor meus feitiços. Fazia sentido que Tia Pearl estivesse tão frustrada comigo.

A bruxaria era praticamente o negócio da família West. Mas não era muito lucrativo. Na verdade, não era nada lucrativo. Era por isso que cada uma fazia sua parte na gerência da pousada. Os hóspedes levavam um dinheiro muito necessário para nós. Gerenciar uma pousada não era tão glamouroso quanto ser uma bruxa, mas pelo menos pagava as contas.

— É uma pena que Earl não tenha conseguido vir. — Era muito vingativo da minha parte, mas não consegui me conter. Merlinda não aguentava Earl. Ele era o admirador mais ardente de Tia Pearl, ou seu namorado secreto, dependendo de a quem perguntasse. Ele também era uma competição para Merlinda.

Earl era um morador da cidade, fofo e inofensivo, por volta dos setenta anos. Ele era um fazendeiro aposentado e viúvo que acabara de vender a fazenda para se mudar para a cidade. Eu não sabia o que um homem tranquilo como Earl via em Tia Pearl nem porque Merlinda o desprezava tanto. Os dois constantemente disputavam a atenção de Tia Pearl. O ciúmes que Merlinda sentia de Earl era a única falha que eu conseguia ver no comportamento perfeito dela.

— Earl não virá — disse Tia Pearl rapidamente. — A tempestade é demais para ele.

— Que pena. — Aquilo só me lembrou de que Tyler ainda estava exposto ao tempo, lidando com a tempestade de neve. Enquanto o clima do lado de fora piorava, o mesmo acontecia com o meu Natal romântico e íntimo.

Tia Pearl me olhou desconfiada. — Cen, preste atenção! Pode ser que você aprenda algo. Você seria uma bruxa melhor a essas alturas se conseguisse se concentrar como Merlinda.

Merlinda disse algo baixinho enquanto mexia no cabelo longo e preto.

A luz na sala ficou forte como um dia ensolarado. Ao fazer isso, o som de correnteza se transformou em ondas quebrando. Uma bola de cristal de aproximadamente um metro flutuou acima das mãos estendidas de Merlinda, pulsando com luz e energia. Dentro, havia uma visão caleidoscópica de uma ilha tropical com palmeiras, cabanas e um bar com piscina.

Um ukulele soou gentilmente.

Um paraíso tropical completo, inclusive com música temática.

Como eu poderia competir com aquilo?

Merlinda era uma bruxa tão boa quanto Tia Pearl. Talvez até

melhor. Eu nunca considerara aquela possibilidade até o momento porque Tia Pearl era a bruxa mais poderosa que conhecia.

Não mais.

Não era preciso dizer, as habilidades de Merlinda estavam muito acima dos meus talentos. De longe. Eu não conseguia conjurar um copo de água nem se minha vida dependesse disso, quem diria criar um paraíso tropical na palma da mão. Fingi um sorriso, esperando que o ressentimento dentro de mim não fosse exposto.

— Bravo! — disse Tia Amber, batendo palmas, com uma expressão encantada no rosto enquanto estava na porta da sala de jantar. — Esta é a melhor versão desse feitiço que já vi.

Não havia dúvidas de por que Tia Pearl adorava Merlinda.

Ela era a estudante e pupila perfeita. Boa, esforçada e, até onde eu conseguia ver, excelente em tudo que fazia. Merlinda não dava bola para as birras de Tia Pearl nem questionava suas brincadeiras piromaníacas. Aos olhos de Tia Pearl, ela era perfeita.

Não me surpreendia que Merlinda fosse a aluna de estimação. E eu não podia culpar Tia Pearl. Eu, por outro lado, era a desistente da Escola de Encantamento de Pearl. Eu nunca ligara muito para minha destreza com feitiços antes porque bruxaria não era minha primeira escolha de profissão.

Ainda assim, o caminho fora escolhido para mim. Mesmo se eu escolhesse não usar a bruxaria diariamente, ela ainda fazia parte da minha identidade como bruxa. Tia Pearl dizia que era meu destino, gostasse eu ou não. Era meu dever lançar feitiços, fazer poções e realizar outros deveres conforme necessário. Era o último item da lista que me incomodava. Por que eu não podia só exercitar meu livre arbítrio e viver uma vida comum?

Porque, não importava o quanto tentasse, eu apenas não tinha os talentos da família. Mamãe era excelente em fazer poções herbais e amuletos mágicos, enquanto Tia Amber era uma lançadora de feitiços profissional. Tia Pearl era uma mestre de forma geral em todas as disciplinas de bruxaria, portanto, ficava com a parte de ensinar. Ela esperava criar bruxas profissionais na Escola de Encantamento de Pearl. Qualquer coisa menos do que isso era inaceitável.

Eu, por outro lado, não dominara nenhuma dessas coisas. Parcialmente porque não gostava de riscos (algo definitivamente longe do ideal para uma bruxa), em parte porque eu não tinha disciplina. Eu era melhor em descobrir fatos, em lógica, em esforços jornalísticos; algo que Tia Pearl chamava de meu "plano de reserva que falhou". Ela nunca me deixava esquecer disso.

— Viu como se faz, Cendrine? — Tia Pearl só usava meu nome inteiro quando estava brava ou irritada comigo. Ela bateu palmas enquanto acenava em direção à sua aluna. — Você só pode esperar sucesso quando se esforça. Não é, Merlinda?

Merlinda corou quando seu nome foi mencionado. Ou talvez tenha ficado com vergonha do criticismo de Tia Pearl.

— Aquela é minha casa, perto do recife de corais. — Merlinda apontou para uma mansão em um penhasco que se empoleirava logo acima do mar azul turquesa. — Eu amo Westwick Corners, mas queria muito ter voltado para casa no feriado. Ver Vanuatu por aqui é melhor do que nada, eu acho.

Ondas quebraram contra o vidro do globo de neve tropical como se concordassem.

— Nossa, quantos detalhes. Seu globo é lindo. — Tia Amber, com a gemada na mão, aproximou-se do globo de neve tropical de Merlinda para ver melhor. — Ei, esta é sua ilha?

Merlinda confirmou com um aceno. — É. Vanuatu em tempo real.

— Incrível. — Tia Amber fez uma careta enquanto engolia uma grande quantidade de gemada. — Alguma coisa nesta gemada está estranha. Acho que coloquei noz-moscada demais.

Todas nós olhamos para o globo, fascinadas pelas pessoinhas que se moviam pelo imóvel na orla. Carros em miniatura se moviam na estrada próxima. Um casal grisalho se sentou de mãos dadas em um grande terraço enquanto vários homens trabalhavam nos grandes jardins que rodeavam a mansão. Ela me lembrou de um diorama de museu, exceto pelo fato de que as pessoas se moviam. Era um *reality show* onde as estrelas não tinham ideia de que estavam sendo observadas.

Pensando melhor, era um pouco bizarro.

— Quase consigo sentir a brisa tropical. Muito melhor que o *Google Earth.* — Tia Amber prendeu uma mecha do cabelo ruivo atrás da orelha enquanto observava o globo. — Você tem muito talento, Merlinda.

— Só tive sorte com o feitiço desta vez. — Merlinda deu de ombros.

— Como está de dia no globo? Está escuro lá fora. — Eu estava secretamente feliz por apontar aquele erro.

— É porque já é amanhã lá — respondeu Merlinda. — Vanuatu está a mais ou menos mil e quinhentos quilômetros ao leste da Austrália.

— Ah. — Eu devia ter ficado de boca fechada. Fiquei me sentindo idiota por ter esquecido da diferença de fuso horário.

— O que torna seu globo de Vanuatu ainda mais incrível. São as suas habilidades sobrenaturais, não sorte. — Tia Pearl se virou para Merlinda. Em seguida, virou-se para mim com um brilho de maldade no olhar. — Cendrine, por que você não tenta?

Tia Pearl sabia muito bem que eu não era capaz de fazer nada nem remotamente parecido com aquilo. Era uma armadilha para me constranger, portanto, mudei de assunto. — Quem são aquelas pessoas?

— Aqueles são meus pais no terraço — disse Merlinda. — O resto são as pessoas que trabalham lá.

— Tente, Cendrine. — Tia Pearl abriu um sorriso falso para mim. — Treine para os jogos.

Os jogos de bruxaria da véspera de Natal eram uma tradição da família West, mas eu geralmente apenas observava. Eu já fizera alguns feitiços, mas somente na presença da família. Eu não lançaria um feitiço na frente de Merlinda. Além da pressão intensa de fazer aquilo, eu tinha certeza de que o pedido de Tia Pearl tinha segundas intenções.

— Prefiro não tentar. Vamos só ter uma véspera de Natal normal — protestei. — Sem bruxaria.

— Mas nós sempre fazemos feitiços — protestou Tia Amber. — A véspera de Natal sem bruxaria é como um bolo de chocolate sem glacê. De que outra forma vamos passar o tempo?

— As outras famílias conseguem sem problemas. — Olhei em

volta, procurando Mamãe para que me salvasse, mas ela ainda estava ocupada na cozinha.

— Bom, nós não somos uma família exatamente normal, não é? — Tia Amber bebeu o resto da gemada e colocou a caneca vazia sobre a mesa de centro. — Vamos, Cen. Tente.

Balancei a cabeça. — Vocês duas me prometeram que agiríamos normalmente esta noite.

— Normalmente? — perguntou Tia Pearl. — Você quer dizer como em uma família sem bruxaria? Sinceramente, Cendrine, você é muito ingrata. Você não dá valor aos seus talentos mágicos. E não tem ideia de como tem sorte.

Ela balançou a cabeça lentamente. — Hoje é como qualquer outra véspera de Natal da família West. Merlinda é praticamente da família. Ela compartilhou generosamente uma visão do Natal de Vanuatu conosco. Por que você também não pode compartilhar algo?

Agora ela me colocara em uma sinuca de bico. Tia Pearl estava definitivamente tramando algo, mas o quê? — Merlinda já fez um ótimo trabalho. O que mais eu poderia acrescentar?

Tia Pearl coçou o queixo. — Você poderia mostrar a Merlinda como é o verdadeiro Natal de Westwick Corners.

Dei de ombros. — É exatamente como estamos agora.

— Você entendeu o que eu quis dizer — retrucou Tia Pearl. — Com todos os frufrus.

Eu não sabia, mas senti que ela estava prestes a me mostrar. Olhei de relance para Merlinda. Ela continuava com os olhos fixos em Tia Pearl. A adoração era clara.

Aquele amor mútuo era muito chato.

— Nossa, Vanuatu com certeza é lindo. A gente podia planejar uma viagem em família para lá — comentou Tia Amber. — Você deve estar muito chateada por ter perdido o voo para casa.

Merlinda olhou para fora pela janela, observando os flocos de neve que caíam como paraquedistas. — Está tudo bem. Agora posso ver como é um Natal com neve. Nunca neva em Vanuatu, então nunca parece Natal de verdade.

Ela fez um movimento com o pulso e o globo flutuou em direção à árvore de Natal. Ele foi até lá e aninhou-se em um ponto logo acima da metade da árvore.

Eu observei a sala de estar. Pequenos amontoados de neve adornavam a madeira das janelas e emolduravam a maravilha invernal do lado de fora. A árvore de Natal estava carregada com decorações e coroada com uma estrela cintilante.

E agora também estava adornada com o globo de cristal mágico de Merlinda. Ela dominara completamente o Natal.

A cena natalina saíra diretamente de um cartão do Hallmark. Mas, na família West, as emoções ficavam logo abaixo da superfície, principalmente entre Tia Pearl e Tia Amber. Nossos jantares geralmente se transformavam em brigas antes da sobremesa, mas com Merlinda lá, talvez deixassem de lado a rivalidade entre irmãs. Até o momento, elas pareciam estar esforçando-se para isso.

Voltei a atenção para Merlinda. Pela primeira vez, senti um pouco de pena dela, longe da família naquela época do ano. — Sei que não é com o que está acostumada, mas Westwick Corners é um bom lugar no Natal, mesmo com uma tempestade de neve.

— Podemos deixar tudo ainda melhor — disse Tia Pearl. — Vamos recriar o Natal da infância de Cen para que possa viver você mesma!

— Que ideia ótima — comentou Tia Amber. — Imersão total. Vamos nessa!

Abri a boca para falar, mas não saiu nada. Em vez disso, um choque, como um ar frio, invadiu meus pulmões e roubou meu fôlego. Tossi com tanta força que caí para trás. Empurrei-me de volta para frente, para uma posição ereta, e descobri que não estava mais na sala de estar. O que pensei que fosse a poltrona era, na verdade, neve. Eu estava coberta de neve até o pescoço. De alguma forma, eu estava no clima congelante do lado de fora enterrada na neve.

Sozinha.

Estremeci e esfreguei os dedos já dormentes.

Se Merlinda deveria estar vivendo meu Natal, estranhamente não estava lá. Na verdade, ninguém estava. Talvez o feitiço tivesse dado errado. Ou talvez todas estivessem revivendo meu Natal, menos eu.

As nuvens baixas deixavam tudo mais assustador. Não havia

prédios nem monumentos reconhecíveis que estivessem à vista. Apenas neve e mais neve.

Havia mais alguma coisa errada. Ainda estava claro. Ou era algumas horas mais cedo naquela tarde, o que teria envolvido um feitiço de viagem no tempo, ou eu estava presa dentro de um globo de neve de inverno atrasado. Suspeitei da segunda opção porque sabia que Mamãe ficaria furiosa se Tia Pearl me enviasse de volta no tempo na véspera de Natal.

Mas, se todo mundo estivesse do lado de fora do globo, eu não poderia ouvi-los nem vê-los. Achei que sentia a presença deles, mas talvez fosse só otimismo. Senti-me como um animal no zoológico, em exposição através de um vidro no show de outro alguém. Exceto pelo fato de que a neve parecia muito real. Ela rodopiou à minha volta, cobrindo meus braços nus com flocos de neve. Estremeci e imaginei se aquele era mais um dos feitiços de Tia Pearl para afastar Tyler e eu.

E se ele chegasse e eu não estivesse lá? Todos os tipos de cenários passaram pela minha cabeça. E se Tia Pearl o mandasse para a tempestade para me procurar?

Senti o coração afundar quando percebi que Tia Pearl estava voltando aos velhos truques, acabando com qualquer chance de um Natal romântico e aconchegante. Ela desprezava Tyler porque, sempre que infringia a lei, ele a multava. Ele nunca a deixava sair impune. O ressentimento dela em relação a ele fora direcionado a mim, torcendo para que terminássemos.

Bom, eu não desistiria tão facilmente.

Mas, pelo menos no momento, eu estava presa. Presa para fora do meu mundo pelos caprichos de Tia Pearl, que agia mais como uma criança de dois anos birrenta do que a mulher de setenta e dois anos que era.

Cruzei os braços e estremeci com o frio. Meu vestido sem mangas não era nada adequado para as temperaturas gélidas e a neve, que piorava. Em alguns minutos, eu ficaria hipotérmica. Tia Pearl com certeza me resgataria antes que eu começasse literalmente a congelar.

Mas, caso ela não fizesse isso, eu precisava de um plano B. Observei os arredores, notando um trenó antigo próximo que não percebera antes. Aproximei-me dele pela parte tarseira e notei que lembrava uma carruagem com cavalos, só que muito maior. A carruagem aberta estava cheia com várias caixas. As caixas atrapalharam minha visão e não deixavam espaço para sentar nem para ficar de pé.

Caminhei com dificuldade pela neve, que estava quase na altura do quadril, e circulei o trenó antes de uma rajada de vento quase me derrubar. Abriguei-me embaixo da parte traseira da carruagem. Senti quando neve entrou na minha bota, adormecendo tanto as pernas nuas que mal pude senti-las.

O vento uivou e ficou mais forte. O pouco abrigo que a carruagem fornecia era anulado pelo contato da pele com a neve. Agora minha bunda também estava dormente. Se eu ficasse ali, congelaria até a morte. Arrastei-me para fora novamente e andei com dificuldade em direção à parte dianteira do trenó.

Minhas esperanças aumentaram quando que vi não estava sozinha. E diminuíram novamente quando vi a parte de trás de um homem grande sentado no banco dianteiro.

Quando me aproximei, reconheci.

Papai Noel.

Minha nossa.

Minha... nossa.

Papai Noel... e oito renas.

Dei uma gargalhada quando vi a rena falsa. Os ornamentos exagerados eram a assinatura de Tia Pearl. Mas, se era mesmo a magia de Tia Pearl, por que eu estava congelando? Ela era muito irresponsável às vezes, mas não era cruel.

Além disso, ela já teria me resgatado àquela altura, especialmente com Tia Amber na sala. Algo tinha dado terrivelmente errado. Será que as duas estavam tão encantadas por Merlinda que tinham me esquecido?

Apoiei-me no trenó e bolei um plano. Pelo menos ele fornecia um pouco de proteção contra o vento. Fui para debaixo dele novamente, mas o espaço entre a parte inferior da carruagem e a neve fora reduzido a vinte centímetros.

Aquilo não funcionaria. Fiquei de pé sem esperanças enquanto pensava no que fazer. Estava nevando bastante e logo eu seria soterrada.

Eu precisava sair daquela bagunça.

— Socorro! — Eu estava à beira das lágrimas.

Ninguém respondeu. Suspirei, sentindo-me derrotada. Estava quase na hora do jantar da véspera de Natal e, em vez de estar relaxando com uma bebida perto da lareira, eu estava congelando dentro de um globo de Natal conjurado.

Eu precisava me mexer enquanto ainda tinha controle das pernas quase congeladas. Dei uma cambaleada para frente como se estivesse bêbada, mesmo não tendo tocado em um gota de álcool. Perdida, não tinha a menor ideia de para onde ir, portanto, fui na direção para onde o trenó apontava.

O chão sob mim estremeceu.

Pulei quando algo fez barulho atrás de mim. Virei-me e congelei.

As renas.

Elas criaram vida em um piscar de olhos, bufando e batendo os cascos no chão como cavalos no início da corrida. Em seguida, puxaram as cordas, carregando o trenó. Eu estava prestes a ser atropelada por oito renas exuberantes e não havia ninguém para me ajudar.

Tentei caminhar pela neve, procurando desesperadamente escapar do bando obstinado. Mas, sempre que mudava de direção, elas faziam o mesmo.

O solo estremeceu ainda mais enquanto eu tentava manter o equilíbrio quando, de repente, meu cotovelo bateu em algo.

Vidro.

Bati nele com toda força que tinha. — Deixe-me sair!

<h1 style="text-align:center">CAPÍTULO 2</h1>

—Está vendo, Cen? É assim que se faz um feitiço de transporte. — Tia Pearl olhou de forma amorosa para Merlinda, ignorando completamente minha hipotermia e, possivelmente, queimaduras de frio.

Merlinda sorriu.

— Eu podia ter morrido congelada. — Minhas lembranças ao sair do globo de neve eram vagas. Tudo de que me lembrava eram renas e vidro quebrado... mas minha pele quase congelada era muito real.

Meus dedos queimaram ao pegar minha taça de vinho. Eu servira uma taça generosa de merlot antes de me sentar na poltrona enorme perto da lareira. Bebi um gole enquanto me esquentava perto do fogo crepitante. Eu ainda não fazia ideia de como escapara da prisão do globo de neve. Nem como voltara para dentro de casa.

— Algumas pessoas aprendem melhor na prática. Como você, Cendrine. — Tia Pearl sorriu docemente para mim.

Tia Amber me lançou um olhar solidário. — Pearl se esqueceu da última frase do feitiço. Eu tive que dar uma mãozinha.

Tia Pearl revirou os olhos. — Ah, não seja ridícula, Amber. Eu nunca me esqueço de nada. Fiz aquilo de propósito, para criar um suspense. Foi tudo parte da experiência.

Bebi o resto do vinho, coloquei a taça sobre a mesa lateral e esfreguei as mãos em frente ao fogo. Meus dedos ainda estavam um pouco roxos e doíam muito. — Acho que tive queimaduras de frio. Como pôde me deixar lá fora desta forma? Eu poderia ter morrido.

Mais uma vez, Tia Pearl revirou os olhos. — Meu Deus, Cen! Você parece uma flor tropical. Já estava na hora de eu ajudá-la a crescer um pouco.

— Você se esqueceu de mim, não foi? — Eu não sabia o que era pior: Tia Pearl ter me esquecido ou ter esquecido um feitiço. Talvez a idade estivesse batendo porque parecia um pouco esquecida. Uma bruxa senil não era nem de longe engraçado.

Meus pensamentos foram interrompidos pela campainha.

Tyler. Meu coração aqueceu quando pensei em meu namorado enorme com o uniforme de delegado. Agora que ele estava ali, poderíamos finalmente começar nosso Natal juntos. Tia Pearl, Merlinda, nada disso importava mais.

Olhei pela janela da sala de estar enquanto corria para a porta. Estava escuro do lado de fora e o vento estava cada vez mais forte e feroz. Ele estremeceu as janelas de vidro milenares e diminuiu o fogo na lareira.

De alguma forma, Tyler conseguira chegar, apesar da tempestade, e nada mais importava.

— Já estava na hora de aquele chato do seu namorado aparecer. Vamos comer. — Tia Pearl enxotou Merlinda e Tia Amber para a sala de jantar.

* * *

EU ME ARREPENDI IMEDIATAMENTE DE TER ABERTO A PORTA. MINHA natureza normalmente cuidadosa me abandonara, fosse pelo espírito de Natal ou pelo vinho e outras bebidas que bebi. Eu ainda estava traumatizada pelo resgate do globo de neve e aquele último desenvolvimento da noite acelerou minha pulsação. Eu não esperara ver ninguém além de Tyler. Certamente não esperara ver o estranho que me observava naquele momento.

Tatuagens no pescoço escapavam da gola da jaqueta de couro. Seu cabelo era curto com um estilo militar desigual e parecia que o homem não dormia havia dias.

Meu coração bateu com mais força. Invasões domiciliares e assaltos aconteciam em outros lugares, em cidades grandes e cidades nas estradas. Não em uma cidade pequena com uma tempestade de neve na véspera de Natal. Como um sinal, uma grande lufada de ar abriu completamente a porta da frente, fazendo com que entrasse um punhado de flocos de neve úmidos.

— Desculpe, estamos fechados. — Estiquei o braço para trás para alcançar a maçaneta, cuidando para não tirar os olhos do homem à minha frente. Não havia reserva de hóspedes e nossa clientela era quase exclusivamente de casais procurando um lugar romântico. Este cara com certeza estava viajando sozinho.

Ele deu de ombros e coçou a barba por fazer. — É, eu sei.

Já estava escuro e ficava tarde em nossa véspera de Natal no meio de uma tempestade de neve. Todos bons motivos para este cara não estar aqui. Tive um pressentimento ruim em relação ao estranho forte à minha frente. O que me faltava de habilidades sobrenaturais de bruxas era compensado pelo bom e velho bom senso.

Meu cérebro primitivo me mandou bater a porta. Meu cérebro lógico tomou conta, dizendo-me para ter calma. — Se precisar de direções de volta para a estrada, posso ajud...

— Não, não estou perdido. Eu deveria estar aqui mesmo. O que quis dizer é que... não estou atrás de um quarto. — Ele sorriu, exibindo um dente de ouro. — Quer dizer, talvez esteja.

— Desculpe, estamos sem vagas hoje. — Comecei a fechar a porta, mas o homem de aproximadamente trinta anos queria mesmo deixá-la aberta. Ele deu um passo à frente e colocou a bota no portal, impedindo-me de fechar a porta.

Eu recuei e avaliei as opções. Ele deveria ter pelo menos cem quilos. O torso musculoso era óbvio, mesmo sob a jaqueta pesada de inverno, o que presumi ser de exercícios na prisão, não no YMCA. As tatuagens no pescoço e a expressão dura corroboravam com esse pensamento.

Não tinha como enfrentá-lo fisicamente, mas eu era uma bruxa. Eu tinha outros poderes para removê-lo, caso fosse necessário.

Se pelo menos eu conseguisse me lembrar de como usá-los.

Infelizmente, eu era uma bruxa fracassada que não conseguia se lembrar de nada além de pedaços de vários feitiços mágicos. Nada útil para repelir uma invasão domiciliar.

— Mãe? Tia Amber? Tem alguém na porta — virei-me e gritei na direção da sala de jantar. Com certeza uma família de bruxas me ajudaria.

Ou talvez não. Ninguém respondeu ao meu chamado. Elas não conseguiam me ouvir por causa do barulho de risadas e copos tilintando. Virei-me de volta para o adversário.

Ele sorriu, mostrando novamente o dente de ouro. — Parece que cheguei na hora da festa.

— É melhor você ir embora ou não conseguirá chegar à estrada por causa do acúmulo de neve. — Mantive a voz calma e apontei para o veículo dele, um Cadillac Escalade SUV parado perigosamente no meio da entrada.

Provavelmente roubado.

Ele se inclinou em direção à porta, aproximando-se tanto que consegui sentir o hálito de café. — Não. Já falei que estou no lugar certo. Estou aqui para encontrar alguém.

— Como eu disse, esta pousada está fechada. Não há ninguém aqui... — Involuntariamente, dei um passo atrás, com repulsa da proximidade dele enquanto se inclinava em minha direção.

Ele estreitou os olhos e bateu o pé no chão, deixando crostas de neve na varanda. Quaisquer que fossem suas intenções criminais, ele parecia ter algo que lembrava boas maneiras. Tentei afastar a imagem de uma fita amarela de cena do crime da mente enquanto olhava esperançosamente para o caminho de acesso... mas não havia sinal do Jeep de Tyler em lugar algum.

Nada.

Meu coração bateu com força no peito.

Além de Tyler, não estávamos esperando visitas e ninguém aparecia assim na véspera de Natal. Nem mesmo os habitantes locais porque o Ponto do Feitiço também estava fechado no feriado. Qualquer um que visse o grande aviso de "Fechado" no caminho para a entrada da pousada não teria vindo até aqui.

Nossa pousada também ficava nos arredores da cidade, a quilômetros de distância da estrada principal. A maioria das pessoas não conseguia encontrar Westwick Corners mesmo quando a estavam procurando, quanto mais chegar ali no meio da neve. Eu também conhecia todos na cidade e os poucos visitantes esperados já tinham chegado mais cedo. Nenhum deles era este cara. E era improvável que eu estivesse errada.

Meu coração afundou.

Era mesmo uma invasão domiciliar.

Dei um passo atrás da porta e comecei a fechá-la. No que diabos eu estava pensando? A temporada de festas fizera com que eu baixasse a guarda.

O homem deu um passo à frente. Agora, metade do corpo dele estava firmemente entre a porta e o batente. — Desculpe o atraso. Estava um engarrafamento doido.

Empurrei a porta, tentando tirar o pé dele do lugar. — Acho que você está no lugar errad...

Ele me ignorou e continuou repetindo a mesma coisa. — Estou feliz por finalmente ter chegado. A neve está muito densa agora. Mal consegui subir com o carro. Ele não esquenta muito bem na neve.

Olhei para além dele para o Escalade. Era meio descarado só largá-lo no meio da entrada. Ele conseguira trazer o carro para cima da montanha no meio da neve, mas não se importou muito em andar mais alguns metros até o estacionamento. Afastei a irritação por aquele detalhe. Não era muito importante, já que não estávamos esperando ninguém.

Exceto por Tyler, que agora estava uma hora atrasado. E se algo ruim tivesse acontecido? Ou pior, e se algo ruim estivesse prestes a acontecer conosco? Pelo menos Tyler veria o Escalade preto como um possível aviso de que estaria entrando em uma emboscada.

Como delegado, Tyler sabia se cuidar. Mas nem mesmo um policial esperaria uma invasão domiciliar na véspera de Natal.

Apesar do frio, eu estava suando. Limpei a testa com as costas da mão e permiti-me me recompor.

— Você está perdido? — Meu coração acelerou. Como Westwick Corners ficava em um lugar mais afastado, aquela tinha que ser a explicação. — Pegue à direita na parte traseira da montanha, dirija por mais ou menos cinco quilômetros e vire à esquerda no cruzamento. Assim, voltará para a estrada.

Ele não se mexeu.

E minha ajuda já estava bêbada e sem conseguir me ouvir.

<h1 style="text-align:center">CAPÍTULO 3</h1>

— V ocê vai me deixar entrar? — Os olhos verdes penetrantes do estranho fixaram em mim. Um sorriso lentamente se espalhou pelo rosto dele e ele esticou a mão. — Aah... Você não sabe quem sou eu, sabe? Sou Dominic, o parceiro de Merlinda.

Parceiro parecia uma escolha estranha de palavra para o homem bruto à minha frente, mas talvez a linguagem fosse um pouco mais formal de onde ele viera. Eu estava vagamente ciente de que Merlinda tinha um namorado em Vanuatu, mas o sotaque de Dominic parecia mais do Texas do que do sul do Pacífico. Mas Merlinda raramente o mencionava, portanto, eu não sabia praticamente nada sobre ele.

— Você é o namorado de Merlinda? — Eu soltei a maçaneta e apertei a mão dele. Mais um intruso estava juntando-se à nossa véspera de Natal. Lá se fora minha comemoração em família. — Ela não disse que você viria.

— Você parece meio decepcionada.

— Não, é só que... ah, deixe para lá. — Agora que eu não temia mais pela minha vida, pude estudar Dominic de forma um pouco mais objetiva. Ele era bonito de uma forma mais bruta, com cara de mau. E a poeira de neve que cobria o cabelo loiro escuro curto dava a ele um certo charme.

Dominic levou o corpo forte à frente até bloquear completamente a entrada. — Merlinda não sabe que estou aqui. É uma surpresa. Mas Pearl sabe. Ela que me convidou para o jantar hoje à noite.

Meu queixo caiu. Não porque Dominic voara até ali por causa de um mero convite para jantar, mas porque Tia Pearl era a pessoa mais antissocial que eu conhecia. Ela odiava visitantes de qualquer tipo e fazia grandes esforços para evitá-los. Era uma constante fonte de atrito com os hóspedes da pousada. Por que, de repente, ela estava tão hospitaleira? Algo não batia nesta história.

O encanto de Tia Pearl com Merlinda mudara completamente a personalidade dela. Não era só o fato de que ela convidara um estranho para o jantar. Ela convidara Dominic na véspera de Natal. Eu não sabia o que era mais incomum: o convite de Tia Pearl ou o fato de que ela esquecera de mencioná-lo.

Nem mesmo Rodolfo, Trovão e Relâmpago eram páreos para a tempestade de neve desta noite. Isso também significava que Dominic não ficaria aqui apenas para o jantar. Ele teria que ficar conosco durante a noite e possivelmente mais tempo. A cidade não poderia ter vida enquanto a neve não parasse. O que aconteceria, no mínimo, no dia de Natal.

No entanto, lidar com as consequências era problema de Tia Pearl. Ela tornava a segurança algo impossível na maioria das vezes, portanto, poderia ser uma lição a ser aprendida. Enquanto abria a porta e deixava Dominic entrar, ocorreu-me que Merlinda nem planejara ficar em Westwick Corners para o Natal. Ela só ficara porque seu voo fora cancelado. Em que momento exatamente Tia Pearl convidara Dominic?

Dominic passou a mão no cabelo. — Pearl realmente não comentou que me convidou para o jantar?

Balancei a cabeça negativamente e dei um passo atrás enquanto ele passava por mim. — Receio que não.

Dominic levantou as mãos em um pedido de desculpas. — Eu queria ter trazido um vinho, mas todas as lojas estavam fechadas.

Balancei as mãos. — Não tem problema. Temos muitas bebidas. — Nosso bar podia sempre ser reabastecido pelo Ponto do Feitiço, se fosse preciso. A comida também não era um problema, já que Mamãe sempre fazia demais. Talvez fosse por isso que Tia Pearl não contara a ela. Ou talvez elas só não tivessem me contado.

De qualquer forma, com comida e álcool suficiente, eu poderia passar por isto.

Poças se formaram no chão enquanto Dominic batia as botas.

Um feitiço poderia facilmente remover aquilo, mas fiquei irritada com a falta de consideração. Ele era descuidado e completamente o contrário da perfeita Merlinda. E, mesmo assim, eu não gostava de nenhum dos dois. Talvez eu que estivesse com algum problema. A cada minuto que passava, meu mau humor piorava.

Abri um sorriso forçado, peguei o casaco de Dominic e pendurei-o no cabide do saguão, levando-o até a sala de jantar. No caminho, dei um grito: — Merlinda, você tem visita.

Merlinda arregalou os olhos em choque quando saiu da sala de jantar. Ela parou no portal por um momento sem dizer nada. Em seguida, correu na direção de Dominic com os saltos altos e abraçou-o.

Ele se inclinou e deu um beijo em sua bochecha.

Ela o soltou e estreitou os olhos. — Você deveria estar em Vanuatu. Como chegou aqui com esta tempestade?

Dominic deu de ombros. — Peguei um avião para Shady Creek hoje de manhã. Eu queria surpreendê-la mais cedo, mas, com a tempestade e tudo mais, quase não consegui chegar. Viajei mais de cinco horas para chegar aqui. As estradas estão uma bagunça completa.

— Mas eu ia para casa para o Natal — disse Merlinda. — Você sabia disso.

Dominic deu de ombros. — Eu sei, mas planejei chegar aqui antes que seu voo saísse. Porém, com a tempestade, achei que não conseguiria.

— Ainda bem que meu voo foi cancelado, ou não teríamos nos encontrado. — Merlinda pareceu ainda mais refinada e como uma princesa em comparação com o namorado tatuado. Eles eram um casal estranho e Merlinda não parecia muito feliz em vê-lo. Seu humor feliz e efervescente de momentos atrás sumira completamente.

A história de Dominic me pareceu estranha. Eu não esqueceria os planos de viagem de Tyler na mesma situação. Em vez disso, eu estaria contando os dias até a volta dele. Dominic também não parecia um namorado com saudade. Algo não estava certo, mas meu cérebro bêbado não conseguiria analisar isto naquele momento.

Eu não tinha ideia de quanto tempo demorava para viajar de Vanuatu para Seattle e, em seguida, para Shady Creek, mas era um voo longo, de pelo menos vinte horas. Além disso, havia o tempo para dirigir para Westwick Corners no inverno e a ideia de uma visita surpresa me parecia muito estranha.

Meus ombros pesaram ao imaginar Tyler ainda preso na rua no inverno pesado. Ele poderia perder toda a ceia da véspera de Natal e nossas comemorações da família West. Eu estava ansiosa para dividi-las com ele.

— Cinco horas no volante é bastante tempo — disse Merlinda. — Shady Creek fica apenas a uma hora daqui.

Dominic acenou com a cabeça. — A estrada está um tumulto. Tive sorte de conseguir alugar o último SUV.

Visualizei novamente o Escalade do lado de fora. Parecia mais bonito do que útil na neve e eu nunca vira nada remotamente parecido na Budget nem na Enterprises, especialmente em Shady Creek. Suspeitei de que Dominic estivesse mentindo, mas por quê? Era um detalhe pequeno, mas também mostrava que havia mais do que ele estava contando.

De repente, minha noite pareceu muito mais interessante, mesmo com o atraso de Tyler. O que a linda Merlinda via naquele cara? Apesar de estar em forma, ele era desajeitado e bem mediano. Não que houvesse algo de errado com isso, Merlinda poderia namorar o cara que quisesse. Mas o que ela queria com aquele ali?

CAPÍTULO 4

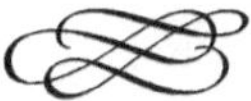

O aroma do peru assado e dos temperos nos envolveu enquanto íamos para a sala de jantar.

Parei na porta da sala e conduzi Merlinda e Dominic à frente. Senti uma pontada de compaixão por Tyler, ainda preso no frio e na neve. Meu estômago roncou e lembrou-me de que eu não comera nada desde o café da manhã.

— Primeiro, o mais importante. — Dominic viu o visco enquanto passavam por sob o arco. Ele passou os braços de forma protetora em volta de Merlinda, puxando-a para perto e beijando-a.

— Ai. — Merlinda repentinamente se afastou para trás com uma expressão de dor no rosto. Ela se inclinou em direção à porta, dobrando o corpo por causa da dor.

— O que foi, amor? — Dominic afastou uma mecha do cabelo escuro de Merlinda, colocando-a cuidadosamente atrás da orelha dela.

— Minha barriga está doendo... mas Pearl me deu um pouco do chá especial dela. Acho que estou me sentindo um pouco melhor agora. — Merlinda olhou nos olhos de Dominic e beijou-o.

Dominic e Merlinda bloquearam a entrada para a sala de jantar e eu estava presa atrás deles até que saíssem debaixo do visco. O contraste entre a maravilhosa e magra Merlinda e o bruto Dominic era surpreendente.

A chegada de Dominic fora boa, já que a presença dele poderia acabar com a dinâmica estranha entre Merlinda e Tia Pearl. Agora Tia Pearl precisaria competir com Dominic pela atenção de Merlinda.

Tia Amber apareceu de repente perto da porta na sala de jantar. Ela parou a centímetros do casal. Como estavam abraçados, nenhum dos dois percebeu a presença dela.

— Que fofinhos. — Tia Amber flutuou a alguns centímetros do chão atrás do casal e ajeitou o visco. Ela arrancou um pedaço dele enquanto Dominic e Merlinda se beijavam. Uma parte da planta caiu na cabeça de Dominic, mas ele não pareceu notar.

Eu não sabia se o comentário de Tia Amber se referia ao casal amoroso ou ao fato de que Tia Pearl nunca fazia chá para ninguém.

— Tia Amber, desça daí! — Fiquei surpresa com o fato de ela estar fazendo bruxaria na frente de estranhos. Tia Amber era uma das maiores executivas na Associação Internacional de Bruxas e deveria saber que não podia fazer aquilo. Normalmente, ela andava na linha. Talvez fosse a emoção do feriado, mas sua negligência em relação às regulamentações da WICCA era alarmante.

— Não fale comigo como se eu fosse um cachorro, Cendrine — chiou Tia Amber. — Respeite sua tia.

Dei de ombros. — Só quero proteger os segredos de nossa família. E deixá-la longe de problemas com a WICCA.

Tia Amber suspirou e revirou os olhos. — Não estou com problemas. E posso muito bem cuidar de mim mesma.

Todos pareciam um pouco nervosos nesta noite. O feriado fazia isso com as pessoas.

Olhei de relance para Merlinda e Dominic. Ainda abraçados um ao outro, apesar de estarem no meio do caminho, eles continuaram sem notar as bobeiras de Tia Amber.

— Qual é o problema? — Os pés de Tia Amber estavam firmes no chão novamente, mas ela parecia irritada.

— Temos convidados, lembra-se? — Era improvável, mas ainda possível, que Dominic não soubesse que a namorada era uma bruxa e que a Escola de Encantamento de Pearl não era uma escola de verdade. Mas, mesmo que soubesse dos talentos de bruxa de Merlinda, ele não sabia dos nossos. E eu queria manter desta forma. Pelo menos, eu esperava que Merlinda não tivesse revelado nosso segredo. De qualquer forma, nós definitivamente não devíamos revelar talentos especiais a um estranho.

— Ah, anime-se, Cen. É Natal. — Tia Amber andou de forma instável atrás de mim. Ela estava na quarta bebida, pelas minhas contas. Só bastava um pouco de animação natalina para deixar as regras de lado.

Merlinda se afastou ligeiramente de Dominic e olhou para mim. — O que está acontecendo?

Xinguei-me pela idiotice. Merlinda e Dominic não notaram a levitação de Tia Amber, mas com certeza notaram nossas vozes elevadas.

Antes que eu pudesse responder, Tia Amber entregou a Merlinda o ramo do visco. — Você precisa disto, querida. O visco tem propriedades protetoras. Você ficará a salvo enquanto estiver com ele.

Dominic revirou os olhos. — Você não precisa de uma planta morta para protegê-la. Seu perseguidor de Vanuatu não pode machucá-la aqui. Não comigo aqui para protegê-la.

A promessa de Dominic pareceu vazia, já que Westwick Corners ficava praticamente deserta em dezembro. Duvidei de que até mesmo um perseguidor se esforçaria para encontrar este lugar. Merlinda não precisava de proteção. Mesmo assim, fiquei curiosa. — Você tem um perseguidor?

— Não é nada. Dominic está exagerando. — Merlinda se virou para Dominic e sorriu. — Você tem razão. Estou segura aqui. Qualquer ameaça está a quilômetros de distância.

— Que tipos de ameaça? O que exatamente querem com você? — A vida de Merlinda parecia tão perfeita que eu não conseguia imaginar algo que a incomodasse. O que poderia ser sinistro em uma ilha paradisíaca como Vanuatu? Imaginei uma ilha no sul do Pacífico sem uma nuvem no céu.

Merlinda deu de ombros. — Não importa. Dominic me protegerá. — Ela saiu do abraço dele e sorriu.

— Qualquer pessoa que tente machucar minha garota terá que passar por mim primeiro. — Dominic segurou firmemente o braço de Merlinda e conduziu-a até a mesa da sala de jantar, puxando a cadeira para ela. Quando ela se sentou, ele se sentou ao lado dela.

Tia Amber e eu seguimos o casal até a sala de jantar. A ceia de Natal de repente pareceu muito mais interessante.

— Estive planejando minha visita surpresa durante semanas. Pearl sabe de tudo — disse Dominic. — Mas quase não consegui por causa da neve. Tenho uma grande surpresa para você, querida.

Merlinda pareceu um pouco apreensiva, mas conseguiu dar um sorriso leve. — Que tipo de surpresa?

Dominic não respondeu. Em vez disso, ele bateu a palma da mão na mesa. — Onde está Pearl? Estou louco para conhecer a mentora de Merlinda pessoalmente.

Sorri com a ideia de minha tia travessa e transgressora como mentora de alguém. Também mal podia esperar para ver Tia Pearl acabar com Dominic. Além de odiar homens, ela consideraria Dominic como uma ameaça, atrapalhando a atenção de sua melhor, e única, estudante. O que deixou o convite dela ainda mais enigmático.

— Acho que ela está na cozinha — respondi. — Enquanto estamos esperando, quer algo para beber?

— Você tem cerveja?

Fui até a cozinha, onde Mamãe e Tia Pearl estavam de pé, de costas para mim. Mamãe mexia em uma panela grande no fogo enquanto Tia Pearl cortava o bolo especial de Natal da mamãe e colocava-o em uma travessa maior. Tia Pearl empilhara a travessa com vários pedaços, o suficiente para um pequeno exército. O suficiente para deixá-lo bêbado também, pois o bolo de Natal de Mamãe era feito com bebida alcoólica.

Tia Pearl sabia que nenhuma de nós comeria de fato o bolo. Em vez disso, nós esconderíamos os pedaços em cada canto da sala de jantar até que pudéssemos pegá-los e jogá-los fora. Era um pouco injusto servi-lo para os convidados, mas eu deixaria isto para Tia Pearl. Afinal, ela que os convidara.

Apesar dos talentos de Mamãe na cozinha, seu bolo com bebida alcoólica era horrível. Mamãe não levava críticas muito bem e não queríamos mesmo dizer a ela o quanto era ruim. Portanto, ano após ano, escondíamos o tanto que o detestávamos e Mamãe o fazia cada vez mais. Ela realmente acreditava que nós gostávamos.

A receita do bolo de Natal da família West vinha de nossos ancestrais britânicos. Ela fora passada de geração em geração, juntamente com a lenda de que o bolo era o motivo real de não haver criaturas na véspera de Natal. Nossa casa antiga tivera ratos persistentes, até que Mamãe redescobrira e revivera a receita antiga da família havia aproximadamente uma década. De repente, nossos problemas com ratos desapareceram. O bolo dela tinha um fator de redenção: era letal às pobres criaturinhas.

Parecia errado de muitas formas servi-lo aos nossos convidados, que não suspeitavam de nada.

Este ano seria um pouco diferente. Mamãe não fizera o bolo antes, como normalmente. Ela só o fizera naquela manhã, tarde demais para evitar o retorno do nosso problema com os ratos. A mansão de nossa família era antiga e com muitas passagens, ótimo para as pragas fugirem e esconderem-se do clima frio.

Franzi o nariz e passei por Mamãe e Tia Pearl sem ser notada. Eu acabara de abrir a geladeira para pegar uma Budweiser para Dominic quando senti algo no ombro. Vi um brilho vermelho pelo canto do olho e gritei.

— Mas que... — Tia Pearl soltou a faca sobre a bancada e pulou para trás. — Meu Deus, Cen! Você quase me matou do coração. Qual é o seu problema? Você nunca viu o Papai Noel?

— Ah, o.... P-papai Noel? — Virei-me e olhei para o homem alto e um pouco magro demais vestido de Papai Noel em nossa cozinha. Era o mesmo Papai Noel do trenó no globo de neve? Se sim, ele era apenas mais um dos truques de Tia Pearl. De alguma forma, ela conseguira arruinar minhas lembranças de infância. Agora, o Papai Noel era algo bizarro e meio assustador. Ainda bem que não havia crianças em volta porque elas ficariam traumatizadas para sempre.

Meu olhar fixou nos olhos azuis claro do Papai Noel e eu o reconheci. Não era nenhuma aparição. Era Earl, o admirador secreto não tão secreto assim de Tia Pearl. Eu não o reconheci disfarçado de primeira, mas dava para entender o porquê. Ele era um fazendeiro aposentado que ninguém esperaria ver fantasiado de Papai Noel.

Por algum motivo inexplicável, o tranquilo Earl gostava da geniosa Tia Pearl. Seu comportamento era o extremo oposto do de minha tia rabugenta e conivente. Ele parecia disposto a mover mundos e fundos para deixá-la feliz, o que provavelmente explicava a fantasia de Papai Noel. Aquilo também me fazia feliz. Eu gostava muito de Earl, especialmente pelo efeito calmante que ele tinha sobre Tia Pearl.

Mamãe riu. — Você passou direto por Earl, Cen. Você está tão perdida em pensamentos que não o viu.

Os olhos do Papai Noel brilharam com diversão. — Esta fantasia é bem chamativa, Cen. É difícil não vê-la.

Eu realmente estava preocupada, imaginando se Tyler estava bem. — Ah, desculpe, Earl. Eu não estava esperando vê-lo. — *Especialmente em uma fantasia larga de Papai Noel.* — Tia Pearl disse que você não viria...

— Eu não disse nada disto — interviu Tia Pearl. — Por que não leva Earl para a sala de jantar?

Quando não estávamos mais sendo ouvidos, Earl confessou: — Toda esta história de Papai Noel foi ideia de Pearl. Para falar a verdade, estou me sentindo meio idiota assim. Mas se deixa Pearl feliz, vale a pena.

Amém.

Normalmente, eu não ficaria surpresa ao ver Earl. Ele morava ali perto e não tinha outro lugar para ir nos feriados. Ele jantara conosco no dia de Ação de Graças. Mas Tia Pearl nos dissera mais cedo que ele tinha uma nova namorada e não jantaria conosco.

Mais uma mentira só pela diversão de mentir. Eu nunca sabia se podia acreditar em Tia Pearl ou não.

— Vamos nos sentar na sala de jantar. — Acenei para que Earl me seguisse e peguei uma garrafa de nosso melhor vinho, um merlot que fazíamos em nosso pequeno vinhedo. Quando entramos na sala de jantar, ninguém comentou sobre a roupa de Papai Noel de Earl, deixando tudo um pouco mais estranho. Obviamente, eles estavam sem palavras.

Earl se sentou a uma ponta da mesa. A escolha do lugar foi estrategicamente ao lado do lugar habitual de Tia Pearl, à esquerda dele. A bengala dela estava apoiada no encosto da cadeira, apesar de ela estar na cozinha. A bengala era, na verdade, sua varinha, claro.

Era difícil saber se Earl realmente não sabia ou se apenas fingia não ver os talentos de bruxaria de Tia Pearl. Qualquer que fosse o motivo, ele nunca questionara como ela andava sem a bengala nem notara nenhuma de suas frequentes baboseiras supernaturais. *O amor é cego*, pensei.

Meu estômago roncou, apesar da visão do bolo. Coloquei o vinho sobre a mesa e entreguei a Budweiser a Dominic. — Fiquei impressionada por ter vindo de Vanuatu para surpreender Merlinda.

— É, bom... — disse Dominic, abrindo a tampa da cerveja e bebendo um gole generoso. Ele bateu a garrafa na mesa e soltou um suspiro ao se recostar na cadeira. Em seguida, apertou a mão de Merlinda. — Ela vale a pena.

Olhei para o lado de fora e vi que o corrimão da varanda sumira sob uma pilha de neve. De alguma forma, Dominic conseguira passar pelas estradas fechadas e pela maior nevasca do século. Isso após sair de um paraíso tropical só para surpreender a namorada a quilômetros de distância e do outro lado do oceano apenas para jantar. Nenhum homem nunca fizera nada nem remotamente parecido por mim.

Não que eu quisesse que Tyler abandonasse motoristas presos, obviamente. Como delegado, ele não podia apenas levantar e ir embora porque o jantar estava pronto. Mas eu queria que fosse assim. Também considerei irresponsáveis todas as pessoas nas ruas dirigindo com aquele clima. Se elas não estivessem na rua durante a tempestade, Tyler não teria que resgatá-las. Talvez fosse egoísta, mas era tão errado assim querer meu namorado comigo na véspera de Natal?

— Você deixou o sol e a areia para vir para este clima? Isso deve ter sido difícil — comentou Tia Amber.

— Claro que não. — Dominic passou o braço em volta de Merlinda e apertou seu ombro com tanta força que a cadeira dela inclinou na direção dele, ficando sobre apenas duas pernas. — Nada poderia me deixar longe dela.

Merlinda se estabilizou com uma mão na mesa. — Quem está cuidando da loja de mergulho? Você saiu de lá na época de alta temporada.

— Você tem uma loja de mergulho? — Dominic não me parecia o tipo que gostava de esportes aquáticos. Seu corpo musculoso afundaria como uma âncora. Ou talvez ele só usasse outra pessoa como âncora. Sua loja de mergulho era provavelmente uma fachada para o tráfico de drogas ou algo assim. Havia algo de estranho nele, apesar de eu não saber exatamente o quê.

— A loja não é minha, eu só trabalho lá. — Dominic se virou de volta para Merlinda. — Está tudo bem, deixei alguém cuidando de tudo enquanto estou aqui. Senti tanta saudade, amor. Eu só queria passar o feriado com você.

Dominic abriu a mão de Merlinda e pegou o visco. Ele o colocou sobre a mesinha de centro entre as bebidas. — Você não precisa de amuletos. Estou aqui para protegê-la, agora e sempre.

A expressão de Merlinda ficou sombria. Ela tomou um gole do vinho e bateu a taça com força na mesa, derramando-o. Pequenos respingos vermelhos mancharam a toalha de mesa branca. — Você deveria ficar de olho nas coisas. Pensei que tínhamos concordad...

Dominic colocou o dedo indicador nos lábios dela. — Shh, meu amor. Não precisamos guardar este segredo deles.

— Guardar que segredo? — Mamãe apareceu na porta da cozinha com um prato fumegante de purê de batata. Ela colocou o prato sobre a mesa da sala de jantar e limpou as mãos no avental.

— Estamos com problemas em Vanuatu. Há um preço pela cabeça de Merlinda — disse Dominic.

Mamãe arfou. — Merlinda, você nunca nos disse que estava em perigo! Quem poderia querer machucar você?

Merlinda deu de ombros. — Dominic está exagerando. Não é tão ruim quanto parece.

Dominic balançou a cabeça. — Não, você não está segura em Vanuatu. Foi por isso que vim para cá para protegê-la.

— Proteger Merlinda de quê? — perguntou Mamãe. — Westwick Corners é o lugar mais seguro de todos.

— Os inimigos de Merlinda são bons em encontrá-la. Eles querem canalizar os poderes dela para John Frum e o culto à carga — explicou Dominic.

— Quem é John Frum? — perguntou Tia Amber.

— Merlinda acenou com a mão. — Ele não é uma pessoa de verdade.

— Qualquer que seja o motivo, ninguém virá aqui — disse Earl. — Ainda teremos uma tempestade pesada por algum tempo.

Merlinda encarou Earl. — Você não é um profissional do tempo.

Earl pareceu ignorar completamente a raiva de Merlinda por ele. — Dava para saber dessa tempestade há várias semanas. Se tivesse me perguntado, eu teria sugerido que pegasse um voo antes. O Farmer's Almanac previu muita neve e um inverno gelado este ano.

— Bom, eu não perguntei, não é mesmo? — Merlinda revirou os olhos. — Você realmente acredita no Farmer's Almanac?

Earl levantou uma sobrancelha. — É claro que acredito. Eles estiveram certos na maioria das vezes nos últimos quinze anos, quem sabe mais.

— Earl é um fazendeiro há muito tempo — disse eu. A falta de educação de Merlinda era imperdoável, mas eu tinha que admitir que sentia um pouco de satisfação em ver uma falha na fachada perfeita de Merlinda. Earl só tentara ajudar e ela praticamente arrancara a cabeça dele.

— Por que essas pessoas estão atrás de você, querida? — Tia Amber franziu a testa. — Quem é este John Frum? E o que diabos é culto à carga? São pessoas que amam malas de designers? Ou tem algo a ver com viagens oceânicas?

Um sorriso fraco passou pelos lábios de Merlinda enquanto ela balançava a cabeça negativamente. — Quem me dera fosse tão simples.

Tia Pearl parou ao lado de Merlinda, apesar de eu não ter notado a entrada dela na sala. Ela colocou a molheira cuidadosamente sobre a mesa em frente a Merlinda, como uma oferenda a uma deusa.

— Merlinda não precisa da sua ajuda, Dominic — disse Tia Pearl rapidamente. — Ela é perfeitamente capaz de cuidar de si mesma.

— Pearl... — A voz suave de Earl teve seu efeito e todos ficaram em silêncio por um momento.

Dominic respirou fundo e franziu a testa. — Você não contou nada a eles, querida?

— Contar o quê? — Mamãe perdera a parte da conversa depois de ir novamente à cozinha. Desta vez, ela trouxera uma cesta de pães frescos. — Espero que estejam todos com fome. Você pode contar as novidades durante o jantar.

— Mas Tyler não chegou ainda. — Olhei pela janela, triste por não haver nenhum sinal do jipe dele. O Escalade de Dominic já estava coberto com alguns centímetros de neve e era agora uma montanha branca no meio da entrada. — Não podemos esperar mais alguns minutos?

— Ele provavelmente não vem, Cen. — Os olhos de Tia Pearl brilharam com maldade. — Ah... aposto que ele recebeu uma oferta melhor.

Abri a boca para responder, mas parei. Tia Pearl gostava de me provocar. Eu não cairia na armadilha.

Mamãe balançou a cabeça. — Eu esperei o máximo que podia, querida. Acho que Tyler está preso por aí. Eu esquentarei um prato para ele quando chegar.

— Tudo bem. — Suspirei, sentindo-me triste. Neste momento, notei: com Dominic e Merlinda aqui, as coisas não seriam nem remotamente parecidas com a véspera de Natal especial em família que eu esperava.

CAPÍTULO 5

Olhei para a cadeira vazia ao meu lado e ouvi distraidamente a conversa. Mamãe e Tia Pearl tinham trazidos mais pratos fumegantes para a mesa antes de se sentarem em seus lugares.

A mesa estava cheia com cumbucas de legumes, farofa de pão, molho de oxicoco e, é claro, o peru. Os aproximadamente vinte pratos eram mais do que suficiente para alimentar uma multidão de bruxas famintas. E mais algumas.

Mas eu perdera o apetite, preocupada que algo tivesse acontecido com Tyler. Liguei para o celular dele, mas ele não atendeu.

Mamãe capturou meu olhar e sorriu com compaixão.

Sorri de volta, com esperanças de que minha decepção não estivesse tão óbvia para mais ninguém. Coloquei um pão morno sobre o prato e passei a cesta para Tia Pearl. Se eu fingisse que estava divertindo-me, talvez conseguisse me divertir de verdade.

Observei em volta da mesa, notando que Tia Pearl, em seu terninho feminino de veludo verde, e Earl, com a fantasia de Papai Noel vermelha aveludada, complementavam um ao outro de uma forma estranha. Tia Pearl, com os cabelos grisalhos e arrumada usando veludo, lembrava uma Mamãe Noel anoréxica e mais velha. A fantasia larga de Earl no corpo grande dava a ele um ar de Papai Noel hippie.

Tia Amber colocou uma porção generosa de cenouras carameli-zadas no próprio prato e passou-as para Mamãe, à sua esquerda. — Quero uma explicação melhor sobre esse culto à carga. Qualquer um pode fazer parte?

— Não há uma adesão formal nem nada do tipo. Não é este tipo de culto — explicou Merlinda. — John Frum é basicamente uma lenda. Mesmo que fosse uma pessoa real, a maioria das histórias sobre ele é inventada. Mas, em Vanuatu, as pessoas acreditam de verdade que ele tem poder de conceder riquezas aos verdadeiros crentes.

— Crentes em quê? — Ouvi, sem prestar atenção, enquanto olhava para a janela atrás de qualquer sinal de Tyler.

— É basicamente um mito que se misturou ao longo dos anos. Alguns eventos reais foram enfeitados porque as pessoas queriam acreditar que podiam trazê-lo de volta. — Merlinda olhou para Dominic. — A marinha norte-americana e outras frotas pararam em Vanuatu durante a Segunda Guerra Mundial. Eles tinham todos os tipos de engenhocas que os habitantes locais nem sabiam que existiam, como rádios, relógios e outras coisas. E comidas e bebidas incríveis, como Spam e Coca-Cola.

— Eu não diria que Spam é incrível. — Earl virou para Merlinda, à sua direita. — Você tem que provar minhas galinhas alimentadas com grãos...

— Você vendeu a fazenda, Earl. Lembra-se? — Tia Amber direci-onou o olhar para Dominic. — Acho que eles não tinham nada pare-cido em Vanuatu naquela época. Foi uma ilusão inocente.

— Como o Natal e o Papai Noel — adicionou Tia Pearl. — A história é parte verdadeira, parte inventada.

— Anos atrás, não era possível comprar as coisas pela internet — disse Dominic. — Especialmente não em Vanuatu. É um arquipélago no meio do nada. Não há nada além de areia e palmeiras.

Merlinda concordou. — Os habitantes das ilhas acharam que os estranhos podiam conjurar magicamente todos os tipos de coisas luxuosas. Ninguém em Vanuatu havia sequer visto aquelas coisas antes. Isto é, até os anos 1930, 1940, quando a marinha norte-americana usou as ilhas durante a Segunda Guerra Mundial. Quando os soldados foram embora, alguns anos depois, as pessoas tiveram esperanças de que a equipe naval voltaria.

— E traria de volta as coisas boas e os bons tempos — concordou Dominic. — Só que eles nunca voltaram.

— Magia é como as pessoas chamam as coisas que não entendem. — Esperei que a conversa fosse o suficiente para distrair Tia Pearl e o que quer que tivesse na manga de veludo verde.

Merlinda acenou com a cabeça. — É difícil chegar até Vanuatu mesmo hoje em dia e não há muitas visitas. É muito caro enviar qualquer coisa para lá. Ainda há muitas coisas indisponíveis em Vanuatu que você pode facilmente encontrar em qualquer outro lugar. Dá para imaginar como a imaginação das pessoas foi longe quando estranhos apareceram com todos os tipos de coisas modernas que elas nunca tinham visto. Os habitantes acreditaram que todos os itens tinham sido conjurados porque não sabiam outra forma de explicar aquilo. É por isso que se chama culto à carga.

— Mas não havia mais homens nos navios com John Frum? Por que adorar um homem? — perguntei.

Merlinda deu de ombros. — John Frum é só uma junção de todos os homens do exército que visitaram as ilhas naquela época. Quando foram todos embora, depois que a Segunda Guerra Mundial acabou, os habitantes canalizaram sua energia ao que quer que acreditassem que traria os navios de volta. É um desejo coletivo que só cresceu ao longo dos anos.

— Que bando de malucos — disse Earl. — Em vez de ilusões, eles poderiam ter criado a própria comida. Eles não pararam para pensar nisso?

— Não dá para criar Coca-Cola e Spam. E o que você sabe? — retrucou Merlinda. — Você nunca esteve lá. Você provavelmente nunca saiu do estado de Washington.

Earl respirou fundo. — Eu não preciso viajar pelo mundo para reconhecer pensamento mágico quando o vejo.

Tia Pearl franziu a testa. — Earl... Acho que o que Merlinda está tentando dizer é que el...

— Merlinda! O que deu em você? — Dominic balançou a cabeça. — O pobre Earl só estava fazendo uma pergunta.

— Não, ele está discutindo comigo, como sempre faz. — Ela se virou para Earl. — Escute só, Earl. Pearl não gosta de você e quer que pare de persegui-la.

— Eu nunca disse isso, Merlinda. — O rosto de Tia Pearl ficou completamente vermelho, fazendo a pele contrastar com o terno de veludo verde. O humor festivo de Natal de alguns momentos atrás evaporara.

Earl riu. — Com certeza não disse, Pearl. Quero dizer, você praticamente implorou para que eu viesse para a ceia.

Aquilo pareceu exagerado, mas, por outro lado, Tia Pearl *convidara* outras pessoas, portanto, a declaração de Earl parecera remotamente possível. Ela nunca convidara outras pessoas para nossa casa. Ainda assim, ali estávamos, com um monte de convidados incomuns na véspera de Natal. Ela definitivamente estava tramando algo.

Mamãe mudou o assunto de volta para Vanuatu. — O que este culto à carga tem a ver com Merlinda?

— Merlinda tem poderes especiais — explicou Dominic. — Ela faz coisas aparecerem do nada.

Então Dominic sabia que Merlinda era uma bruxa. O que era óbvio, já que ela era aluna na Escola de Encantamento de Pearl. Ele provavelmente já descobrira a essas alturas que nós também éramos bruxas.

Olhei para Earl. Se ele sabia sobre nossos poderes mágicos, nunca nos dissera. Mas, como estava constantemente perto de Tia Pearl, como ele poderia não saber?

— Eu não sei como Merlinda conjura todas aquelas coisas, só que ela conjura. É bem incrível. Ah, eu quase esqueci. — Dominic colocou a mão no bolso e entregou a ela um pacotinho com ervas secas. — Seu remédio.

— Graças a Deus! Eu precisava muito disso. — Merlinda abriu o pacote e colocou todo o conteúdo no purê de batata, misturando tudo com um garfo.

— Ei, o que é isso? — perguntou Earl, apontando para o prato de Merlinda. O braço dele estava diagonalmente acima da mesa e diretamente sobre o prato cheio de Dominic. Earl piscou ao observar as batatas de Merlinda. — Parece maconha.

Dominic empurrou o braço de Earl para longe. — Ei, tire o braço da minha comida. — Ele inclinou o ombro para frente e bloqueou o braço de Earl. — Você já viu maconha, velhote? Não parece nada com isso.

Merlinda os ignorou. Ela engoliu uma grande quantidade de purê de batata e continuou a história. — O que eu faço não é tão incrível assim, sério. Pearl me ensinou que, se você quer muito algo, é só concentrar o poder da mente naquilo e seus desejos se realizarão. É basicamente o que eu faço.

— Ouviu, Cen? — Tia Pearl apontou para mim com o garfo.

Eu a olhei com desconfiança.

Tia Pearl finalmente tinha a protegida que desejava. E provavelmente uma confidente, também. Se Merlinda falara aquilo intencionalmente ou não, considerei uma referência velada à bruxaria e a como eu era uma péssima bruxa simplesmente porque não me esforçava.

Mas aquele não era o motivo nem de longe. Eu só sempre sentia que meus talentos de bruxaria me davam uma vantagem injusta, já que a maioria das pessoas não conseguia lançar feitiços. Para mim, aquilo parecia um tipo de trapaça. Ao mesmo tempo, parecia errado desperdiçar meus talentos naturais. Se eu não tivesse fé em mim mesma, por que mais alguém teria?

Eu poderia ter usado bruxaria para ajudar Tyler a terminar o trabalho. Claro, se eu soubesse os feitiços necessários. Talvez não fosse tarde demais. Visualizei Tyler na estrada, inclinado contra o vento enquanto pegava a maçaneta do Jipe. Depois, seguro dentro do carro, ligando a ignição...

— Cen? — A voz de Tia Pearl me acordou dos devaneios.

— Hã?

— Já imaginou a motivação que você teria se morasse em Vanuatu? — perguntou Tia Pearl. — Você não teria nada para fazer durante o dia além de pratic...

Interrompi a tentativa de Tia Pearl de mudar de assunto. Fiquei preocupada que ela revelasse que éramos todas bruxas. — Vanuatu parece um paraíso.

— Há prós e contras. Não há muito mais o que fazer além de distorcer histórias — comentou Dominic. — E beber e surfar.

— E talvez praticar um pouco de bruxaria. — Tia Pearl piscou os cílios em uma inocência falsa.

Tia Amber prendeu a respiração com o garfo no ar.

— Pearl! — Mamãe gritou para a irmã.

— Eu só estava batendo papo — respondeu Tia Pearl. — Qual é o problema?

Notei os longos cílios falsos de Tia Pearl pela primeira vez. Ela também usava sombra verde exatamente no mesmo tom do terno de veludo. Ela nunca usara maquiagem nos olhos. Nunca.

O único momento em que ela se preocupava com a aparência era quando se transformava em Carolyn Conroe, seu alter ego de Marilyn Monroe. E era sempre com a intenção de enganar as pessoas. Parando para pensar no assunto, ela não se transformava havia meses. Ela parecia alegre, até mesmo feliz, na própria pele.

Tinha que ser o efeito de Earl. Tia Pearl não o teria convidado e encorajado as intenções dele se não se sentisse da mesma forma. Talvez fosse por isso que Merlinda não gostava dele. Earl era uma concorrência para as afeições de Tia Pearl. Tipo um triângulo amoroso não romântico estranho.

Tia Pearl soltou repentinamente o purê de batata. Mas o prato não quebrou em cima da mesa. Em vez disso, ele flutuou na minha direção e saiu do alcance.

Tínhamos um acordo de não praticar magia nem falar sobre ela na frente de pessoas comuns. Ainda assim, Tia Pearl quebrara as regras propositalmente naquela noite, como se estivesse desafiando-nos a falar alguma coisa.

Eu não lhe daria a satisfação de cair na armadilha. Em vez disso, inclinei-me para frente e peguei o prato. Empurrei-o para baixo sobre a mesa com um pouco mais de força que o necessário. Mas os outros pratos cobriam completamente a mesa. Em vez de cair em um lugar vazio, o prato bateu na borda da molheira, virando-a. O molho se espalhou por toda a toalha de mesa branca de Mamãe.

— Ah, não! Vou pegar um pano. — Tia Amber levantou da cadeira e correu para a cozinha. Ela voltou alguns minutos depois e limpou a bagunça. — Conte-nos mais sobre esse culto à carga.

— Eles levam o culto à carga muito a sério em Vanuatu — comentou Dominic. — Há um dia do John Frum todo ano. Os habitantes se vestem de soldados, com uniformes totalmente improvisados da marinha norte-americana e armas falsas feitas de madeira. A maioria das pessoas só aproveita a comemoração, mas muitas outras acreditam secretamente que, se realizarem o ritual consistentemente, John Frum voltará, deixando-os ricos.

Merlinda balançou o garfo para enfatizar. — As pessoas em Vanuatu ainda acreditam, pelo menos um pouco, no sobrenatural. Mas os crentes são a minoria agora. Isto é um problema para alguns líderes locais que dizem ter uma conexão espiritual com John Frum. O mito é lucrativo para eles, já que assustam as pessoas para que os sigam. Eles conseguem o poder fazendo com que as pessoas acreditem que têm uma conexão especial. Dizem que, quando John Frum finalmente voltar a Vanuatu, apenas os verdadeiros crentes serão recompensados.

— Como um Messias religioso? — A conversa durante o jantar estava muito mais interessante do que eu esperava.

Dominic riu. — Dificilmente é uma religião. Parece mais o Papai Noel chegando com presentes para as crianças do que qualquer outra coisa, exceto que o dia de John Frum é em quinze de fevereiro.

— Ah, que divertido! Dia de São Valentim e dia de John Frum em seguida. Feriado emendado! — Tia Amber bebeu o restante do vinho e colocou a taça vazia sobre a mesa.

Merlinda franziu a testa, mas continuou em silêncio enquanto servia uma colher de purê de nabo no prato.

— O que todas essas coisas têm a ver com você, Dominic? — Coloquei mais uma porção generosa de molho de oxicoco no meu prato já completamente cheio.

— Não tem nada a ver comigo, mas Merlinda é uma grande ameaça para eles — respondeu Dominic. — Eles sabem que ela é uma bruxa. Se não cooperar, vão acabar com ela para que não atrapalhe a existência lucrativa deles.

Então Dominic sabia mesmo sobre as habilidades sobrenaturais de Merlinda. As bruxas confiavam seu segredo apenas aos amigos e familiares mais próximo, portanto, o relacionamento deles devia ser sério.

— Cooperar como? — perguntou Mamãe.

Dominic suspirou. — Alguns líderes locais ofereceram muito dinheiro a Merlinda para conjurar alguns caminhões e computadores novos.

— Isto é totalmente contra as regras da WICCA. — Diferentemente de Tia Pearl, Tia Amber fazia tudo da forma mais correta, exceto quando ela estava animada demais por causa dos feriados. — Espero que não tenha aceitado a oferta deles.

— É claro que não, Amber. Eu conheço as regras. — Merlinda pareceu se sentir insultada pelo comentário de Tia Amber.

O rosto de Earl continuou sem expressão alguma. Se a ficha tinha caído após a referência da WICCA, ele não deu nenhum sinal. Ele obviamente tinha algumas suspeitas, mas nunca perguntara nada. Talvez ele não se importasse. Ou talvez soubesse de tudo.

CAPÍTULO 6

— Conte-nos mais sobre John Frum — pediu Tia Pearl.

Merlinda acenou com a cabeça. — Os mitos são tão antigos que não sei muito mais do que já contei a vocês. O culto foi perdendo força nos últimos anos.

— Este é mais um motivo para quererem a ajuda de Merlinda: para ajudar a ressuscitar o mito com uma nova visão de John Frum — disse Dominic. — Deixar todo mundo feliz e reeleger os políticos. Mas precisamos ter o controle. Merlinda mantém o mito e, além disso, nós podemos ganhar muito dinheiro.

— Como assim "nós"? — perguntei. — Vocês vão fingir a volta de John Frum? — Eu gostava cada vez menos de Dominic.

Dominic balançou a mão no ar. — Nah. Só vamos dar às pessoas o que elas querem. Alguém fará isso de qualquer forma, então por que não nós?

— Mas Merlinda é uma mulher. — protestou Tia Amber. — Ela não tem como se passar por homem.

— É aí que eu entro — disse Dominic. — Usarei um disfarce e fingirei que sou Frum. Distribuirei novos caminhões e TVs enquanto Merlinda os conjura por trás dos panos. Nós os venderemos abaixo do valor de mercado e ganharemos uma fortuna.

— Desta forma, você recebe todo o crédito. E Merlinda faz todo o trabalho — disse Tia Amber.

Merlinda deu de ombros. — Eu não ligo para isso, Amber. E prefiro não receber toda a atenção.

— Mas você ainda lucraria. Você acabou de dizer que não usaria seus poderes de forma errada com os líderes locais. Não vejo como o mesmo esquema com Dominic seria diferente. — Abandonei toda a pretensão de esconder nossos poderes mágicos. Todo mundo já estava falando sobre isso, portanto, não era possível que eu causasse algum estrago maior.

— Não estou usando nada de forma errada. Estou apenas fazendo minhas coisas. Não há nada de errado com realizar os desejos das pessoas, há? Se Dominic quer capitalizar em cima disso, não vou impedi-lo. Não vou fazer isso, então não estou quebrando as regras da WICCA. As pessoas podem tirar as próprias conclusões sobre John Frum.

— Isto é só um detalhe técnico. — Ninguém parecia me ouvir.

— Mas, se realizar desejos é exatamente o que faz com que fiquem atrás de você, por que continuar? Isso só não os encoraja mais? Nenhuma quantia de dinheiro vale a pena o medo pela sua segurança. — A pergunta aparentemente inocente de Tia Amber era a forma que tinha de conseguir detalhes, encontrar uma infração, para acabar com todo o esquema. Merlinda não parecia mais tão perfeita. Ou talvez Dominic tivesse feito uma lavagem cerebral nela.

— Precisamos de um jeito de pagar as contas — disse Dominic. — Não há muitos trabalhos em Vanuatu. A loja de mergulho quase não se paga. Posso perder o emprego a qualquer momento.

Também não havia muitos empregos em Westwick Corners. Mesmo assim, não estávamos por aí conjurando bens. Nem mesmo Tia Pearl desrespeitava as regras desta forma... na maioria das vezes.

— Isso não é só enriquecer às custas desses coitados e suas fantasias? — perguntei. — Eles acreditam em algo que nunca acontecerá.

— De forma alguma — respondeu Dominic. — Estamos transformando sonhos em realidade. Nós os divertimos dando a eles o que querem. E, se eu fingir que sou John Frum, isso tirará muita pressão dos ombros de Merlinda.

— Que altruísta da sua parte — retrucou Tia Pearl. Ela tinha ciúmes de Dominic. Ele roubara os holofotes, pelo menos do ponto de vista dela.

— Damos aos líderes locais o que desejam e todos saem ganhando. — Ela deu uma batidinha na mão de Merlinda. — Um deles está determinado a ter o poder. Ele não quer ser deixado de lado por uma mulher. Acho que encontramos a solução perfeita.

Pearl suspirou. — Merlinda faz todo o trabalho e os homens levam o crédito? Você é só o último. Acho que não.

Dominic revirou os olhos. — John Frum tem que ser um homem, de acordo com as histórias. Quem ligará para crédito se ficarmos ricos? As pessoas podem ter caminhões novos, TVs e o que mais quiserem por uma fração do preço. Todo mundo fica feliz. As pessoas fazem um bom negócio, Merlinda e eu ganhamos uma graninha e os líderes locais levam crédito pelo retorno de John Frum. E continuam com o poder.

Merlinda permaneceu em silêncio, feliz por deixar Dominic ficar com a parte de falar.

— É assim que funciona, pelo menos na teoria. Os líderes dependem de Merlinda para continuar no poder. Eles precisam que ela produza bens luxuosos para manter todos felizes. Mas Merlinda não é apenas uma grande oportunidade para eles. — Dominic respirou fundo. — Ela também é uma ameaça. Os líderes continuarão a perder para a concorrência se perderem o controle dos talentos de Merlinda para um rival. Eles não podem contar com a lealdade constante de Merlinda. Eles planejam sequestrá-la para garantir um fornecimento ininterrupto e o monopólio do culto à carga.

— Os líderes não podem forçar Merlinda a trabalhar contra a própria vontade. Vocês não têm leis trabalhistas em Vanuatu? — Tia Amber se virou para Merlinda. — Você não pode voltar, querida. Você precisa ficar aqui, pela própria segurança.

Merlinda acenou com a cabeça, mas não disse nada.

Para uma bruxa poderosa, Merlinda certamente parecia agir de forma indefesa. Ela parecia contente em deixar Dominic ganhar dinheiro às custas dela para os líderes locais usarem sua magia. Até mesmo Tia Pearl queria manter Merlinda na Escola de Encantamento de Pearl para sempre. Ainda assim, Merlinda tinha o poder para parar tudo. Só bastava querer.

— Merlinda está realmente em apuros — disse Dominic. — A rivalidade entre os líderes é tão grande que um deles pode até matá-la só para evitar que o outro consiga os poderes dela. É aí que eu entro. Mantenho Merlinda segura e eles felizes ao mesmo tempo.

— Parece tão perigoso. — Mamãe soluçou e colocou a mão no peito. — Por que vocês dois precisam voltar? Os dois podem encontrar um emprego em qualquer outro lugar.

Tia Pearl coçou o queixo. — Vocês podem virar as coisas. Acabar com eles em seu próprio jogo.

Dei a Tia Pearl um olhar de advertência. Ela estava bem preparada para causar confusão.

Tia Amber suspirou. — Pelo menos, você está segura aqui. Mas entendo por que quer voltar. Nossa casa é nossa casa, e seus amigos e familiares estão todos lá. Falando em família, mais alguém em sua família tem esses talentos especiais?

Merlinda deu de ombros. — Sou filha única, a única na família com poderes. Minha mãe também tinha, mas ela não está mais aqui.

— A polícia não pode proteger você desses homens? — perguntei.

— Quem me dera. — Merlinda balançou a cabeça lentamente. — Um dos líderes é o chefe da polícia. O outro é o prefeito, o que não me ajuda em nada. Os dois estão perpetuando a lenda de John Frum. Se eu não os ajudar, posso expor a mentira deles. Posso provar que o culto é uma farsa.

Mamãe suspirou. — Tadinha. Não há mais ninguém em Vanuatu que possa ajudá-la?

— Na verdade, não — respondeu Merlinda. — O chefe de polícia também é meu pai.

inda estávamos discutindo o dilema do culto à carga de Merlinda quando a campainha tocou.

Meu coração acelerou. Tyler finalmente chegara!

Corri para a porta da frente, abrindo-a completamente. O alívio me invadiu quando olhei nos olhos calorosos de Tyler. Sua jaqueta de esqui estava aberta, revelando o uniforme de delegado por baixo. A calça cáqui estava encharcada até os joelhos por causa da neve e ele parecia exausto.

E incrivelmente *sexy*, mesmo encharcado.

Quando eu o puxei para perto e beijei-o, a barba por fazer fez cócegas no meu rosto. — Eu estava tão preocupada. Tentei ligar e... que bom que você chegou.

Ele sorriu. — Desculpe, a bateria do meu telefone acabou. Achei que nunca chegaria. Estive esperando o jantar o dia inteiro. Como Pearl está se comportando até agora?

Balancei a cabeça. — Ela está preocupada. Merlinda perdeu o voo hoje mais cedo e também temos um convidado inesperado. — Ele entrou e tirei sua jaqueta, pendurando-a no cabide. Com todas as distrações e a temporada de Natal, esperei que Tia Pearl não perturbasse Tyler como costumava fazer.

Tyler inclinou a cabeça em direção à porta. — Isto explica o Escalade. Alguém que eu conheça?

Balancei a cabeça. — O namorado de Merlinda, Dominic, veio de carro de Shady Creek depois de pegar um voo de Vanuatu para uma visita surpresa. Tia Pearl o convidou como surpresa para Merlinda, só que ela também não nos contou. Mas o mais estranho é que Merlinda não deveria estar aqui. O voo dela foi cancelado de última hora por causa da tempestade.

— Vanuatu é no sul do Pacífico, não é?

Concordei com a cabeça. — Dominic é... um cara normal. — Tyler sabia que éramos bruxas. Ele sabia que Merlinda também era, já que ela estava na Escola de Encantamento de Pearl. Como a maioria dos habitantes locais, Tyler não tivera muito contato com Merlinda porque ela se mantivera afastada e raramente fora à cidade.

Tyler riu. — Pearl realmente o convidou? Desde quando Pearl dá festas?

— Desde hoje. — Apertei o braço dele, puxando-o para outro beijo. — Você terá que ver para acreditar. Ah, e Earl está aqui.

— Ah, ótimo. Outro cara normal, então não estou em desvantagem — disse Tyler em tom de brincadeira.

Dei um pulo quando uma voz feminina soou atrás de mim. — Uhu! Este lindo acabou de deixar minha noite muito melhor. — Em seguida, assobiou.

Eu me esquecera completamente do fantasma da Vovó Vi. Sempre me incomodara que ela gostasse de Tyler quase tanto quanto eu.

Tyler sentiu meu pulo. — Por que está tão inquieta?

Saí do abraço de Tyler e dei de ombros. Ele não conseguia ver nem ouvir Vovó Vi e explicar o fantasma da minha avó só traria mais perguntas do que respostas. Ele sabia que éramos bruxas, mas não tinha ideia de que a matriarca da família permanecera como um fantasma depois de morrer. Eu odiava guardar segredos dele. Por outro lado, a paixonite boba dela e a presença constante quando ele estava por perto eram um pouco perturbadoras, para dizer o mínimo.

— Eu estava tão preocupada com você na tempestade — disse eu.

— E aí Dominic chegou. Para ser sincera, o namorado de Merlinda me assusta. Acho que estou um pouco nervosa.

Vovó flutuou alguns metros acima de nós. — Tyler pode nos proteger daquele gângster. Ainda não acredito que você o deixou entrar.

— Eu não tive escolh... — parei no meio da frase.

— Hã? — perguntou Tyler.

— Tia Pearl está tramando alguma coisa — disse eu. — Ela não convidou Dominic por pura bondade. Ela está planejando algo. Só não sei o que exatamente.

Esperei que as coisas não saíssem do controle.

Tyler riu. — Mal posso esperar para ver o que Pearl tem na manga. É bom que a atenção não esteja em mim, para variar um pouco.

Tia Pearl desprezava Tyler. Ela aumentara sua piromania desde que ele virara delegado. As tentativas dela de tirá-lo da cidade nunca funcionaram. Ele sempre a responsabilizava pelas loucuras com multas e, ocasionalmente, humilhação pública. Ninguém a mantinha na linha como ele e ela se ressentia daquilo.

— Você é a atenção, gatão. — Vovó flutuou atrás de Tyler. Ela o olhou maliciosamente com aprovação. — Se eu fosse um pouco mais nova, minha atenção seria toda sua.

— Pare! — Olhei para Vovó Vi e fiz o movimento de zíper fechando os lábios com as mãos.

— Parar com o quê? Não estou fazendo nada. — Tyler estava com uma expressão desconfiada. — Por que você está tão estranha?

— Desculpe. Foi um dia longo. — Mesmo com Tyler finalmente ali, minha véspera de Natal perfeita não aconteceria. Apesar de estar feliz e aliviada por Tyler estar comigo e seguro, não queria que nosso tempo fosse cheio de distrações, convidados nem nada do tipo.

Vovó Vi fez um bico e soprou um beijo em minha direção, zombando de mim como só fantasmas podiam.

Eu a ignorei, distraída pelo assobio do vento que jogava montes de neve contra a entrada. Eu estava tão animada em ver Tyler que esquecera de fechar a porta. Em seguida, eu a bati. — Esqueça Tia Pearl. Só estou feliz por finalmente estar aqui.

Ele abraçou minha cintura, puxando-me para um longo beijo. — Estive esperando este momento o dia inteiro.

— Bravo. — Vovó Vi flutuou a alguns metros de nós e bateu palmas.

Pelo menos a chegada de Tyler tirara Vovó Vi da depressão. Ela sempre ficava um pouco melancólica na época de Natal. O feriado a lembrava de que o tempo passara e que não tínhamos mais tanto dinheiro.

Gerenciar a pousada não era uma coisa necessariamente ruim. Ela nos mantinha ocupadas e longe de problemas durante a maior parte do tempo. Conhecíamos pessoas novas e mantínhamos a economia da cidade em movimento. O que recebíamos nos permitia uma existência confortável sem ter que nos comprometer com trabalhos em comunidades maiores, como faziam nossos vizinhos. Era a melhor parte de dois mundos.

Mas fantasmas não precisavam de dinheiro e Vovó Vi só queria sua casa de volta. No momento, a única semana na qual fechávamos por causa do feriado, a casa fora invadida por outros estranhos. Dominic não estava nem pagando.

Naquela noite, pelo menos, eu compartilhava o sentimento com Vovó Vi. Era véspera de Natal. Pelo menos a presença de Tyler era um tipo de consolo para ela. Ela adorava Tyler, mesmo que ele não soubesse de sua existência.

O rosto de Vovó Vi se iluminou como se tivesse lido meus pensamentos. O que ela fez. Ler a mente dos outros era um dos talentos sobrenaturais dela.

O sorrido dela era contagiante. Antes que pudesse evitar, eu também estava sorrindo.

— O que é tão engraçado? — perguntou Tyler. — Já está animadinha?

Vovó Vi balançou o dedo. — Aah! Alguém tem um segredinho. Ruby sabe como vocês dois estão? Talvez ele pergunte hoje à noite.

É claro que Mamãe sabia. Vovó só queria me provocar. Levantei a mão, com a palma para frente, estilo polícia. — Pare.

— Parar com o quê? — Tyler olhou para o saguão, sem reação

quando não viu ninguém. — É mais uma daquelas coisas estranhas da sua família?

— Hm... é, algo assim. Por que não vai para a sala de jantar? Acabamos de sentar para comer. Eu já estou indo.

— Ah... Tudo bem. — Pude ver a decepção em seus olhos.

Ótimo. Agora Tyler achava que eu não o queria por perto. Esperei até que ele não pudesse ouvir. — Chega disso, Vovó.

Vovó Vi bateu as duas mãos. — Que jovem maravilhoso e você é tão rabugenta. Não o perca, Cen. Vocês são o casal mais lindo de todos!

— Nós já somos um casal. E você é louca. — Virei as costas para Vovó Vi e fui para a sala de jantar.

Ela me seguiu, com a aura em uma mistura de vermelhos e laranja de raiva. — Você está me chamando de louca? Minha neta, sangue do meu sangue, dizendo insultos enquanto tudo que quero é fazer amizad...

— Você está exagerando, Vovó. Você sabe que não foi isso que eu quis dizer. — Parei na sala de estar, determinada a acabar com aquela briga antes de chegar à sala de jantar. — Vamos comer.

— Eu sou um fantasma, Cen. Não posso comer. Pare de me provocar! — Ela esfregou a barriga com a mão transparente.

— Desculpe, Vovó. Só quis dizer que vou sentir sua falta se não se juntar a nós na mesa.

Nós duas pulamos quando uma lufada de vento abriu a porta da frente. A porta bateu contra a parede antes de quase fechar novamente.

Corri até a porta e certifiquei-me de fechá-la.

Uma voz feminina fez com que eu congelasse. Não fora o vento que abrira a porta.

CAPÍTULO 8

— Espere! — Uma mulher loira com uma jaqueta de couro acenou para mim enquanto andava pela entrada. A minissaia terminava um pouco abaixo da jaqueta, expondo as pernas grossas. A única vestimenta apropriada para o clima eram as botas de neve. A julgar pelo andar esquisito, elas eram emprestadas e muito grandes. Uma bolsa de couro vermelha grande estava pendurada no ombro dela, que carregava um par de saltos altos vermelhos em uma mão e uma garrafa de vinho na outra.

— Posso ajudá-la? — Fui para a varanda e fechei a porta atrás de mim. Parei ali descalça, os braços cruzados na frente do corpo para tentar me proteger da temperatura gélida.

— Você com certeza pode me ajudar. Você deve ser Cen — Ela parou na parte inferior dos degraus e suspirou. Ela ficou parada no lugar, como se estivesse esperando que eu descesse as escadas.

Eu não desci. — Sou eu. Eu a conheço?

Ela subiu as escadas sem perguntar e entregou-me a garrafa de vinho. — Tome. Fique com isto.

Peguei a garrafa quando ela me entregou, derrubando neve nos meus pés. Reconheci o rótulo. Era um vinho branco barato e popular em postos de gasolina e lojas de conveniência vinte e quatro horas, provavelmente uma compra de última hora, apesar de nem estar gelado.

Eu nunca a vira antes e Westwick Corners era uma cidade tão pequena que todos se conheciam. Eu até mesmo conhecia a maior parte dos convidados dos habitantes que vinha de fora. A maioria deles nem conseguira chegar à cidade por causa da tempestade. Mesmo assim, aqui estava ela, agindo como se fosse dona do lugar.

Eu a segui enquanto ela esperava na porta da frente.

A loira se apoiou na porta e limpou a neve das botas. Ela esperava impacientemente que eu abrisse a porta. — Você vai me deixar entrar? Preciso me esquentar.

— Minha nossa! — Vovó Vi flutuou ao meu lado. — Não estou gostando nada dessa mulher.

Olhei para Vovó Vi antes de me virar para a mulher. — Obrigada. O vinho parece ótimo. Você é amiga de alguém...?

Ela estendeu a mão. — Sou Gail. Brayden não disse que eu viria?

— Espere... o quê? — Eu apertei a mão dela e virei-me. Um homem correu pela entrada. Meu coração ficou pesado quando reconheci Brayden, meu ex-noivo. Com certeza ele sabia que os convites para a ceia da véspera de Natal da família West tinham acabado ao terminarmos nosso relacionamento naquele ano. Brayden se achava o centro das atenções, mas nem ele era tão sem noção assim.

Ou talvez ele soubesse e decidira aparecer mesmo assim. Com uma mulher, para variar. Conhecendo-o, ele provavelmente queria me deixar com ciúmes. Ou, no mínimo, queria mostrar que estava com alguém porque eu estava com Tyler.

Brayden acenou e apertou o passo. — Olá, Cen. Vejo que já conheceu minha namorada, Gail. — Ele enfatizou as últimas palavras para ter um efeito maior.

— Eu, hã... não estava esperando você. O que está fazendo aqui? — Como prefeito de Westwick Corners, Brayden também era o chefe de Tyler. Eu duvidava que sua visita tivesse a ver com o trabalho. A garrafa de vinho de Gail confirmava isso. Minha véspera de Natal ficava pior a cada minuto.

— Pearl não falou nada? Ela me convidou. Digo, convidou nós

dois. — Ele deu um tapinha no ombro de Gail. — Vamos entrar. Está congelando aqui fora.

Vovó Vi se animou enquanto Gail e Brayden entravam. Ela começou a cantar uma música de Shania Twain. — *It's gonna be a party, uh-huh...*

— Vovó, pare com isso! — Meu sussurro foi alto o suficiente para fazer com que Brayden parasse. Ele se virou.

— Hm... Vejo que ainda está falando sozinha. — Brayden pendurou os casacos no cabine na entrada. Ele se virou e sorriu antes de seguir Gail para a sala de jantar.

Fechei a porta e recostei-me nela. Tia Pearl com certeza estava tramando algo. Eu estava muito furiosa com ela por ter convidado essas pessoas. Ela de repente se transformara de antissocial a organizadora de festas, convidando pessoas com quem eu não queria passar um minuto sequer. Talvez este fosse o tema da festa, dada a chegada do meu ex-noivo e da namorada estranha dele.

— Não é tudo sobre você, Cen — intrometeu-se Vovó Vi nos meus pensamentos. — Anime-se.

Talvez nossa variedade estranha de convidados fosse uma tentativa de comédia de Tia Pearl. Os jogos de bruxas eram uma tradição familiar na véspera de Natal. Nós lançávamos feitiços maldosos e tentávamos ser melhores umas que as outras com truques sobrenaturais cada vez melhores. No entanto, nunca envolvíamos pessoas comuns. Fiquei preocupada que Tia Pearl estivesse planejando algo fora dos limites.

Entrei na sala de jantar e coloquei o vinho do posto de gasolina de Gail sobre a mesa. Meu Natal dos sonhos estava mais para um pesadelo e, pelo visto, só pioraria.

E não havia nada que eu pudesse fazer.

Mesmo que a última pessoa com quem eu quisesse passar o Natal fosse o homem que deixei no altar. Mesmo que ele tivesse tido a pachorra de trazer a namorada nova. Mesmo que o meu Natal romântico dos sonhos estivesse arruinado.

Mesmo que soubesse que Tia Pearl tinha algo na manga, eu não tinha poder nenhum para detê-la.

CAPÍTULO 9

A conversa ao redor da mesa de jantar era estranha com nossos convidados inusitados. Tia Pearl insistira para que Gail e Brayden se sentassem de frente para mim e Tyler, então tínhamos que olhar para eles do outro lado da mesa a noite inteira. A organização dos lugares dela com certeza fora pensada para causar algum problema entre meu ex e meu atual.

Tia Amber se sentara ao lado esquerdo de Tyler e Tia Pearl estava à minha direita, tipo em um sanduíche de tias.

Merlinda se sentara à esquerda de Brayden. Dominic estava ao lado de Merlinda, com Earl Papai Noel logo depois, na ponta da mesa. Mamãe estava na outra ponta, perto da porta da cozinha.

O sorriso de Gail de alguns momentos atrás se transformara em uma carranca. Ela estava concentrada em Merlinda, e não de uma forma boa. Em um primeiro momento, Gail olhara para ela algumas vezes de relance, mas agora a encarava abertamente. Eu conseguia entender o motivo, já que Brayden olhava sem pudor para Merlinda.

Apesar de não poder culpar Gail por ficar com ciúmes, a reação dela pareceu um pouco obsessiva. Seus olhos brilhavam com raiva e observavam cada movimento de Merlinda. A confusão estava quase pronta.

A alegria de Brayden de estar entre as duas mulheres era óbvia. Mesmo assim, ele pareceu não notar o humor de Gail piorando enquanto pegava um pão fresco.

— Tinto ou branco? — Earl abriu a garrafa de vinho tinto e serviu algumas taças do merlot, seguido do vinho branco, um sauvignon blanc. Optei pelo vinho tinto, assim como a maioria das pessoas, exceto Gail, Brayden e Merlinda, que escolheram o branco.

Dominic balançou a cabeça e deu um tapinha em sua garrafa. — Vou continuar com a cerveja.

Earl terminou de servir o vinho antes de se servir um pouco de gemada. — Vou experimentar um pouco da mistura de Amber. Pelo que posso ver, parece que bate bem.

Tia Amber riu e levantou a taça em um brinde zombeteiro. — Bate bem mesmo!

Tia Pearl estava incomumente conversadeira, falando sobre as conquistas acadêmicas de Merlinda, apesar de não usar termos específicos. Ela com certeza estava tentando fazer com que eu me sentisse culpada o suficiente para voltar à Escola de Encantamento de Pearl. Bom, eu não morderia a isca.

Enquanto Tia Pearl falava sobre Merlinda, meus pensamentos viajaram.

Gail levou a taça de vinho aos lábios e rapidamente a bateu de volta sobre a mesa, derramando vinho para todo lado.

Fui trazida de volta à realidade ao ver uma Gail furiosa do outro lado da mesa. Alguém, ou algo, a chateara, apesar de eu estar distraída demais para notar. O que quer que tivesse acontecido, ativou a raiva dela. Ela era um pavio aceso, pronta para explodir a qualquer momento. Eu queria dizer algo, mas ninguém mais parecia notá-la além de mim.

Tia Pearl deu um tapinha na minha mão, parecendo não notar a raiva de Gail. — Tudo o que você precisa fazer é se esforçar, Cen. Não precisa desistir. A escola não é tão difícil assim.

Gail nos interrompeu antes que eu pudesse responder. Ela se inclinou para a frente e olhou para Merlinda. — O que exatamente *você* estuda aqui em Westwick Corners, Merlinda?

— Hã... filosofia e misticismo — respondeu Merlinda.

Brayden se mexeu desconfortavelmente na cadeira.

Duvidei que o desconforto dele fosse pela agressividade de Gail ou pelas referências místicas. Ele normalmente não notava os sentimentos das outras pessoas. Provavelmente era porque ninguém passara o prato do peru para ele ainda.

— Não há nenhuma universidade aqui em Westwick Corners — destacou Gail. — Onde você estuda?

Apesar de como eu me sentia em relação a Merlinda, achei que precisava me intrometer. — Merlinda está pesquisando sua tese. O que você está fazendo aqui, Gail?

O queixo de Mamãe caiu. — O que Cen quis dizer é...

— Eu nunca a vi na cidade antes, Gail — continuei. — Você acabou de se mudar para cá? — Era possível que eu não a tivesse visto em Westwick Corners porque Brayden estava evitando-me propositalmente. Por outro lado, Brayden trouxera Gail para a comemoração de Natal da nossa família. Isso não era evitar. Não, ele era muito egoísta para sequer registrar meus sentimentos como uma gafe social. Mas ele notara uma pessoa.

Merlinda. Brayden não conseguia tirar os olhos dela. Se ela não fosse tão reclusa, ele provavelmente a teria encontrado pela cidade antes. E talvez as coisas tivessem sido muito menos estranhas.

Gail balançou a cabeça. — Hã, não. Eu moro em Shady Creek. Brayden e eu geralmente nos encontramos lá. Não conseguimos voltar para Shady Creek com a estrada fechada, então Pearl insistiu que viéssemos para o jantar...

— Ainda bem que viemos — disse Brayden enquanto olhava praticamente em transe para Merlinda.

Eu me virei para Tyler. Ele parecia não notar o charme de Merlinda.

— Brayden disse que as estradas estavam muito perigosas. Não é, Bray? — Gail esticou o pescoço para conseguir a atenção de Brayden, mas foi inútil.

Àquelas alturas, Brayden estava encarando Merlinda abertamente. Ele estava completamente virado na cadeira, de costas para Gail.

Por um momento, pensei que obsessão exagerada de Brayden era algum tipo de bruxaria de Tia Pearl, mas até ela balançou a cabeça em desgosto.

Dominic também notou a fixação de Brayden. O rosto dele ficou vermelho de raiva, apesar da tentativa de se conter. Ele engoliu o que restava da cerveja e bateu a garrafa sobre a mesa.

— Bray? Eu fiz uma pergunta. — Gail fitou Brayden primeiro e depois Dominic. — O que há de errado com vocês?

As coisas estavam deteriorando-se rapidamente. Gail era um barril de pólvora pronto para explodir. Eu tinha que dar um jeito na situação, mas como?

— Brayden tem outras coisas na cabeça além de você, Gail — disse Tia Pearl. — Ele não ouviu uma palavra do que disse.

— Tia Pearl! — Olhei para ela furiosa com a tentativa de piorar as coisas.

Ela sorriu docemente para mim e limpou os lábios com um guardanapo.

— Brayden! — Gail puxou o ombro de Brayden. — Olhe para mim!

Quando Brayden se virou, seu cotovelo esbarrou na taça, espalhando vinho branco por toda a toalha de mesa.

— Olhe só o que você fez — exclamou Gail. — Uma taça inteira de vinho desperdiçada!

Brayden balançou a cabeça. — Se você não tivesse puxado meu ombro...

Ninguém ousou comentar que Gail derramara o próprio vinho alguns momentos antes. A tensão estava literalmente palpável na sala. Até mesmo Vovó Vi notou o clima. Ela flutuou sobre a cabeça de Gail, com a faca de manteiga na mão.

— Mas o quê...? — Gail levou a mão à cabeça. — Algo acabou de encostar na minha cabeça. — Ela tirou um pedaço de manteiga do cabelo enquanto olhava para o teto.

Vovó Vi, invisível como sempre, riu. Em seguida, Tia Pearl começou a rir, seguida de Tia Amber. De repente, todos começaram a gargalhar.

Menos eu.

E Gail.

Seu rosto se transformou em uma carranca enquanto estudava a manteiga na palma da mão. — Como isso veio parar no meu cabelo? Parece manteiga derretida.

Tia Pearl resmungou. — Não acredito que não é manteiga.

— Eu quero passar manteiga em alguém todinho aqui. — O comentário inapropriado de Vovó Vi pelo menos trouxe Tia Amber de volta à realidade.

Tia Amber engasgou. — Desculpe, querida. A manteiga voou sem querer da minha faca quando fui fazer meu pão. Acho que faz bem para a pele.

— Minha pele não precisa de nada. Alguém me passe os pães. — A cara feia de Gail piorou. Ela observou a mesa, procurando os pães. Seus olhos pararam em Brayden, que acabara de pegar a cesta.

Os olhos de Brayden estavam fixos em Merlinda enquanto estendia os dois braços para entregar a cesta a ela. Ele prendeu a respiração enquanto ela estendia a mão com unhas pintadas para escolher um pão.

A conversa ao redor da mesa parou enquanto o drama silencioso se desenrolava.

Eu meio que esperei que Brayden se curvasse ou beijasse a mão de Merlinda, exceto pelo fato de que ele estava sentado e com as mãos ocupadas segurando a cesta.

Gail limpou a garganta e olhou para as costas de Brayden. Seu rosto ficou vermelho enquanto esperava Brayden se virar para passar os pães a ela.

Em vez disso, Brayden acenou docemente com a cabeça para Merlinda e colocou a cesta de pães de volta sobre a mesa.

Gail pigarreou. — Você não ouviu nada do que eu disse, não é, Brayden?

— Hã? — A expressão de Brayden foi a de um gato de rua assustado.

Meu ex-namorado normalmente confiante tinha medo de Gail. Eu nunca o vira assim antes, o que me preocupou.

— Deixe para lá, eu mesma pego. — Gail passou o braço à frente de

Brayden e pegou a cesta. — Você está passando vergonha na frente de todos.

Eu meio que sabia pelo que Gail estava passando. Não era bruxaria nem rixas femininas. O que quer que fosse, os homens simplesmente derretiam na presença de Merlinda. O mais enlouquecedor, além de caírem no encanto dela, era o fato de ela não notar o comportamento estranho deles. Era assim que a vida funcionava para pessoas bonitas. Elas estavam tão acostumadas a lidar com legiões de admiradores que nem enxergavam o tratamento especial.

Eu não saberia. Apesar de capturar alguns olhares quando usava maquiagem e um vestido justo, não era nada em comparação com a atenção que Merlinda conseguia. Parecia que a maioria dos homens faria qualquer coisa para conseguir a atenção dela. Qualquer coisa mesmo, quem sabe até um crime. Ela era simplesmente maravilhosa.

Voltei minha atenção para Gail que, àquela altura, parecia pronta para dar um soco em alguém. Em vez disso, ela se serviu mais um pouco de merlot, bebendo o que havia na taça em alguns minutos. Em seguida, recostou-se na cadeira e suspirou. Ela fora derrotada e sabia disso.

Brayden olhou para Merlinda, com o garfo vazio no meio do caminho entre o prato e a boca.

— Um pouco de vinho? — Esperando melhorar um pouco o humor geral, Tia Amber saíra da mesa e voltara com uma nova garrafa de merlot. Ela encheu a taça vazia de Gail primeiro e continuou em volta da mesa.

A estratégia de Tia Amber era brilhante: eliminar o atrito deixando Gail bêbada o suficiente para não ligar mais.

Vovó Vi flutuou atrás de mim, ainda olhando para Gail. — Esta mulher não é nada certa para Brayden.

— Desde quando você se importa? — As palavras saíram da minha boca antes que eu pudesse impedir. Vovó Vi nunca gostara muito de Brayden, então a desaprovação de Gail como uma boa mulher para ele me surpreendeu.

— O quê? — Tyler parou com a taça no meio do caminho até a boca. — Com quem está falando?

Brayden revirou os olhos. — Você não notou? Ela faz isso o tempo todo.

O rosto de Gail ficou muito vermelho ao olhar para mim. — Por que está me olhando assim?

Evitei o olhar dela. — Desculpe. Eu só estava pensando em voz alta. — Eu não podia conversar com Vovó Vi na frente dos convidados. Eu estava morrendo de vontade de perguntar o que ela quisera dizer, mas só faria isso mais tarde.

Vovó Vi cantarolou *"Whose Bed Have Your Boots Been Under"* enquanto dançava para frente e para trás acima do purê de batatas e das cenouras. Ela realmente gostava muito de Shania Twain.

Tia Amber, Tia Pearl e Mamãe gargalharam.

A voz de Shania de Vovó Vi também me divertia, mas eu estava determinada a não demonstrar.

— O que é tão engraçado? — Gail olhou em volta. — Por que estão me olhando assim?

— Não estamos olhando para você, querida — disse Mamãe. — Pelo menos, não intencionalmente. É só uma antiga piada da família West.

— Ah, não é nada engraçada — retrucou Gail.

Ficamos todos sentados em um silêncio constrangedor.

— Ai, minha nossa — exclamou Mamãe. — Com todos os convidados, eu deveria ter colocado mais peru. Há mais na cozinha, só preciso cortá-lo.

— Eu faço isso. — Brayden pulou da cadeira, ansioso para escapar da fúria de Gail. Ele seguiu Mamãe até a cozinha.

Gail analisou nosso rosto. Ela levantou e colocou o guardanapo sobre o prato vazio, andando atrás deles. — Vou ajudar.

— Esperem por mim! — Vovó Vi deu uma volta no ar e flutuou atrás deles, cantando outra música de Shania Twain. — *Ooh, there's gonna be a party!*

Levantei-me da cadeira e fui em direção à cozinha. A confusão estava pronta com as brincadeiras de Vovó Vi, o ciúme obsessivo de Gail e as mãos de Brayden em uma faca.

Gail parou na porta. Ela se virou para mim e disse: — Eu não sei o que você está fazendo, mas é melhor parar agora mesmo.

Fiquei sem palavras.

Naquele caso, era uma coisa boa porque eu já tinha a impressão de que faria algo do qual me arrependeria. De um jeito ou de outro, a confusão se aproximava e eu não sabia se conseguiria impedi-la.

CAPÍTULO 10

Brayden começou a cortar o peru sob o olhar atento de Gail. Tia Pearl e eu observamos da ilha grande da cozinha, mantendo uma distância da convidada psicopata, caso ela explodisse.

Gail lançou um olhar furioso em minha direção. Como resposta, sorri educadamente, aliviada por não ser ela com a faca na mão. Eu não fizera nada para merecer a raiva dela, mas como ex-namorada de Brayden, talvez fosse só o fato de eu existir. Com Merlinda ainda na sala de jantar, eu era agora o alvo mais próximo de Gail. Eu sabia que era melhor não mexer com uma namorada meio bêbada e muito ciumenta.

Mamãe sorriu para Gail. — É uma pena que você esteja longe da família em Shady Creek. Eu sei que não é bem a véspera de Natal que você e Brayden esperavam.

— Não tem problema — disse Gail, sem se dar ao trabalho de elaborar uma resposta. Ela andou em nossa direção e olhou de Tia Pearl para o bolo de Natal. — Hm... o bolo parece bom. Posso pegar um pedaço?

— É claro. — Tia Pearl sorriu e girou o prato para que o maior pedaço ficasse perto de Gail. — Pode pegar.

Funcionou. Gail caiu na armadilha.

Aquilo era maldoso de Tia Pearl porque ninguém teria como gostar daquele bolo. Ninguém o merecia, também. Abri a boca para protestar, mas algo me deteve. Uma mordida do bolo horrível de Mamãe manteria Gail na linha sem que eu precisasse fazer nada.

Não funcionou. Ela comeu a fatia inteira e até pegou uma segunda fatia do bolo com bebida alcoólica.

— Não coma demais ou acabará com seu apetite. — Mamãe estava praticamente eufórica com o fato de Gail ter gostado do bolo.

— Acabará com mais do que só o apetite dela. — Vovó Vi flutuou logo atrás do ombro de Mamãe com um dedo transparente na boca em um gesto zombeteiro.

Tia Pearl fez um movimento de corte com a mão pelo pescoço.

— Não me desrespeite, Pearl — reclamou Vovó Vi.

Felizmente, Mamãe estava muito concentrada em Gail e não viu o insulto de Vovó Vi ao bolo.

Olhei para Vovó Vi.

Gail fechou a cara, presumindo que minha expressão hostil fosse para ela.

Mamãe apontou para a mão de Gail. — O bolo sempre some mais rapidamente do que consigo fazê-lo. Eu deveria ter feito mais!

— É uma pena que o Natal seja uma vez por ano — disse Tia Pearl sarcasticamente.

Mamãe sorriu. — Se quiser, posso fazer o bolo a qualquer momento, Pearl. É só pedir. Não temos que esperar até o Natal.

— Não! — disse eu um pouco rápido demais. — Uma vez por ano o torna especial. Não queremos estragar a tradição de Natal da família West.

Observei enquanto Gail terminava o segundo pedaço do bolo, pensando no quanto era estranho o fato de ela e Brayden estarem ali. A família de Brayden morava fora do estado e ele sempre a visitava nos feriados. Talvez eles tivessem decidido ficar com a família de Gail em Shady Creek. Mas, se fosse o caso, por que não tinham ido para Shady Creek naquela manhã, antes de fecharem a estrada?

A pergunta que não queria calar era por que Gail até mesmo considerara uma comemoração de véspera de Natal comigo, ex-noiva de

Brayden. A não ser que Brayden não tivesse contado a ela sobre mim. Aquilo fazia sentido, dado o quanto ele podia ser egoísta.

Suspeitei de que, por algum motivo, Brayden não quisesse passar o feriado com a família de Gail. Ele poderia ter propositalmente atrasado a partida deles. E, como Gail era insanamente ciumenta, ela provavelmente ficara com medo de deixá-lo sozinho no Natal. Talvez ela só tivesse ficado na cidade para ficar de olho em Brayden.

Àquelas alturas, eu tinha certeza de que Tia Pearl estava tramando algo. Se ela tinha convidado Brayden para a ceia apenas algumas horas antes de última hora, então sabia que Gail fazia parte do pacote.

Mamãe se virou da pia e olhou para Gail. — Fico tão feliz que tenha gostado do bolo! Eu daria a receita a você, mas não posso. É um segredo de família. Você nunca encontrará outro bolo assim.

— Disso eu tenho certeza — disse Tia Pearl.

Todas nós fingíramos gostar tanto do bolo de Mamãe que a convencemos a não compartilhar a receita da família com pessoas de fora. Era mais por motivos de segurança pública geral do que qualquer outra coisa. A parte ruim era que Mamãe fazia cada vez mais de sua receita secreta a cada ano, acreditando ingenuamente que gostávamos.

A parte mais estranha era que Mamãe era uma cozinheira *gourmet* de primeira e mestre dos bolos. Todo o resto que ela fazia era tão delicioso que dava água na boca. Ainda assim, ela não conseguia notar quando era seu bolo de Natal horrível. Ninguém tivera coragem de contar a verdade a ela. Tudo que podíamos fazer era evitar que ela tentasse servi-lo para os hóspedes. E, contra todas as expectativas, Gail pareceu gostar.

— O peru está cortado. — Brayden levantou o prato para vermos, orgulhoso de si mesmo.

Mamãe sorriu. — Está ótimo, Brayden. Agora, vamos comer. Cen, pegue mais vinho.

Peguei outra garrafa de merlot e uma garrafa de um vinho branco sauvignon blanc gostoso de uma adega próxima.

Gail aproveitou a deixa e pegou duas garrafas de vinho branco de nossa estante. Aparentemente, ela estava decidida a ficar bêbada. Eu não podia culpá-la com os olhos distraídos de Brayden. Passar o Natal com a ex-namorada já era ruim o suficiente. Eu só esperava que Gail não fosse uma bêbada maldosa.

Brayden segurou a porta para Mamãe, conduzindo-a para a sala de jantar. Gail foi logo atrás, seguida de Brayden com o prato de peru.

Esperei até a porta fechar e virei-me para Tia Pearl. — Hoje deveria ser um jantar de família.

— Ah, relaxe, Cen. Brayden é praticamente família — retrucou Tia Pearl.

— Não, ele não é — respondi com raiva. — Ele é ex-família desde que terminamos. Por que você o convidou? Você nem gosta dele. — Os planos dela de causar problemas entre eu e Tyler eram óbvios para mim.

Tia Pearl revirou os olhos. — Se não fosse pelo cadáver no ensaio de casamento, Brayden seria seu marido agora. Sabe, tecnicamente vocês dois ainda estão solteiros. Não é tarde para tentar mudar as coisas.

— Não vai rolar. — Meu quase casamento com Brayden fora interrompido por um bom motivo e não por um assassinato antes do casamento. Só não éramos certos um para o outro. Meu nervosismo pouco antes do casamento me impedira de casar com o homem errado.

— Brayden é muito melhor do que o outro lá — destacou Tia Pearl.

— Você sabe o nome de Tyler. Mesmo que não goste dele, você poderia pelo menos ser educada.

O rosto de Tia Pearl de repente se iluminou. Ela pegou a bandeja do bolo. — Por que não oferecemos um pedaço do bolo de Natal para Tyler? Sabe, uma oferta de paz.

— Não se atreva, Tia Pearl. O coitado do Tyler está cansado do trabalho e esse bolo tem tanto álcool que é possível que ele desmaie. — Eu sabia que era melhor não discutir porque, de alguma forma, ela sempre vencia.

Vovó Vi bufou. — Você viu Gail? Ela já comeu dois pedaços! Eu não sei como ela ainda está de pé. Alguém precisa contar a verdade a Ruby sobre o bolo, gente. Daqui a pouco, ela matará alguém.

— Você poderia ter contado a ela há anos — sussurrei. Vovó Vi queria que alguma de nós levasse a culpa, como sempre. O bolo de Natal fora uma tradição por anos, portanto, confrontar Mamãe após tanto tempo era um pouco tarde demais. Nossa grande conspiração de família saíra pela culatra.

Vovó Vi deu de ombros. — Agora é tarde demais. Sou um fantasma. Não posso mais comer. Ou seja, não é problema meu.

— O problema é de todo mundo, Vovó. Não me surpreende que seja uma receita secreta. E deve continuar assim. — A receita de família provavelmente fora passada para Mamãe por Vovó Vi, para começo de conversa.

Vovó Vi balançou a cabeça. — Certamente não veio de mim e não há nada que eu possa fazer. Mas esses convidados todos são um problema para mim. Neste caso, posso fazer algo.

— Não — disse eu. — Eles vão embora em algumas horas. Ou pelo menos amanhã de manhã, quando a tempestade der uma trégua.

— Isso é tempo demais. Como vou relaxar com todas essas pessoas aqui? — Vovó Vi flutuou pela porta da sala de jantar.

— É um crime entrar no espírito de Natal? — resmungou Tia Pearl.

— Não, mas você definitivamente está tramando algo, Pearl — disse Vovó Vi. — Você odeia pessoas e odeia socializar. Tenho certeza de que convidou todo mundo por algum motivo, só não sei qual.

Senti uma presença atrás de mim e virei-me, vendo Gail. Eu não tinha ideia de quanto tempo havia que ela estava parada na porta.

Gail franziu a testa enquanto olhava de Tia Pearl para mim. — Com quem estão falando?

— Com ninguém em particular. — Tia Pearl deu um sorriso falso.

Acenei com a mão em dispensa. — Tia Pearl estava falando, não eu. Ela fala muito sozinha. Senilidade e velhice, acho.

— Olhe a boca, mocinha. Estou mais em forma que todos vocês — reclamou Tia Pearl.

Brayden apareceu atrás de Gail para ver o que estava acontecendo. Ele balançou a cabeça com decepção para Tia Pearl e eu. — Vocês duas não podem se dar bem pelo menos uma vez na vida?

Minha vida não era problema dele desde que termináramos. Abri a boca para discutir, mas parei assim que os planos de Tia Pearl ficaram claros. Ela quisera me provocar de propósito ao convidar Brayden e Gail. Tudo porque não gostava do meu relacionamento com Tyler. Só que não estava funcionando e ela estava ficando frustrada.

Tyler fora o primeiro delegado a confrontar Tia Pearl e suas artimanhas incendiárias. Como meu namorado, ele estava por perto muito mais do que ela gostaria. Não me surpreendia que ela quisesse que eu ficasse com Brayden em vez de Tyler, a quem considerava seu arqui-inimigo.

Eu era um peão no xadrez de Tia Pearl, assim como Tyler. Brayden, como meu ex-noivo e chefe de Tyler, era o xeque-mate de Tia Pearl. A namorada ciumenta de Brayden era um bônus de última hora no plano de causar confusão.

Era só adicionar a maravilhosa Merlinda para ficar claro que Tia Pearl queria todos nós em guerra. Bom, eu não cairia na armadilha. Aquela era só a última tentativa dela de fazer com que Tyler se demitisse do posto de delegado e deixasse a cidade para sempre. Mas não aconteceria se eu pudesse evitar.

Brayden conduziu Gail de volta para a sala de jantar e fez um movimento para que nós os seguíssemos. — Vamos. Hora de comer.

— Boa ideia. — Sorri e enxotei Tia Pearl pela porta da sala de jantar. — Vamos aproveitar o jantar.

Ficar juntos em um feriado poderia curar feridas antigas e novas. Brayden e eu poderíamos ser civilizados com um o outro, para começar. E mesmo que eu não esperasse que Tia Pearl e Tyler ficassem amigos em um futuro próximo, talvez pudéssemos plantar a semente. Valia a pena.

Tia Pearl me olhou com suspeita, mas não se opôs.

— Deixe que comam o bolo! — gritou Vovó Vi enquanto batia as mãos. — Aahh, isso vai ser ótimo!

Abri a boca para responder, mas me contive a tempo.

Aquela noite não era bem a véspera de Natal que eu esperava, mas *estava* ficando interessante. Eu podia muito bem sentar e aproveitar.

CAPÍTULO 11

tempestade estava forte, mas, do lado de dentro, havia uma calma depois da deliciosa ceia com peru. Qualquer ciúme que houvera fora suavizado com uma quantidade copiosa de álcool.

Estávamos todos um pouco afetados pelas festividades. Acabáramos com meia dúzia de garrafas de vinhos e Dominic bebera pelo menos seis cervejas. Tia Amber e Earl haviam degustado várias canecas generosas de gemada e todos estavam felizes, ou pelo menos civilizados, uns com os outros.

O álcool acabara com todas as animosidades dos conflitos e rivalidades românticas por um momento. Embora não estivéssemos exatamente felizes com a companhia uns dos outros, descobríramos como aproveitar enquanto esperávamos a tempestade passar. Havia muita comida e bebida. Eu só esperava que não fosse uma falsa calma antes da tempestade de discussões bêbadas.

As luzes piscaram quando houve uma lufada forte do lado de fora. Em seguida, a energia acabou de vez e Mamãe acendeu as velas do candelabro no aparador. A luz tremulante das velas lançou sombras longas, mas permitiu que conseguíssemos nos ver.

Sem energia, podíamos muito bem estar sentados em volta de uma mesa de jantar do século XIX em vez de do século XXI. As chamas

69

oscilantes combinaram com a atmosfera e até pareceram acalmar as pequenas rivalidades na mesa.

Os pratos do jantar estavam vazios e estávamos todos sentados nas cadeiras, contentes e cheios após um jantar farto. Bebemos um pouco de café e chá, e beliscamos a sobremesa. Havia torta de abóbora com chantili, tortas de manteiga, biscoitos e, claro, o bolo de Natal da receita secreta de Mamãe.

Apenas Merlinda, Dominic e Gail, nossos convidados desavisados, de fato comeram o bolo de Natal. Eu estava grata pela reação de alguma forma atrasada do bolo. Quando o estômago dos convidados protestasse mais tarde, eles não suspeitariam do bolo de Natal de Mamãe.

O resto de nós escondeu o bolo em guardanapos, bolsos e bolsas para jogá-lo fora mais tarde. Na verdade, a falta de energia se mostrara uma ótima oportunidade. Arrastei o prato de sobremesa para a beira da mesa e virei-o lentamente até que o bolo caísse na minha mão. Enrolei-o com o guardanapo e escondi-o no bolso.

— Chegou a hora dos jogos — anunciou Tia Pearl. — Isso será divertido.

— Sem jogos de família com convidados, Pearl — disse Mamãe.

— Por quê? Eu adoro jogos. — A expressão de Gail se iluminou. — O que vamos jogar?

Tia Amber bateu as mãos. — Ahh, vamos jogar os Jogos Famintos!

— É como os Jogos Vorazes? — perguntou Gail.

— Sim e não — respondeu Tia Amber. — Em vez de lutar pela sua área, você luta por comida.

— Mas nós já comemos — protestou Mamãe. — Estou cheia demais até para pensar em comida, que dirá lutar por ela.

— Eu também — comentei.

— A gente não precisa comer, Ruby — disse Tia Amber. — Só vamos usar a comida no jogo. Quem tiver a maior quantidade de comida no final, terá um desejo realizado. Vamos fazer um jogo com tema de culto à carga! — Ela bateu palmas animada.

Na família West, um desejo significava um feitiço. Fiquei imaginando como faríamos com os convidados que não eram bruxos.

Mamãe riu. — Vamos usar qualquer sobremesa que esteja sobre a mesa. Uma luta até a morte pelo meu bolo de Natal.

Todos olharam para ela com a boca aberta.

Depois de alguns momentos de silêncio constrangedor, Merlinda perguntou com a voz arrastada por causa do álcool: — Que tipo de jogo é esse?

— Um jogo idiota — respondeu Tia Pearl. — Não sou motivada pela comida.

Concordei, apesar de não me atrever a dizer em voz alta. Usar o bolo de Natal de Mamãe como fichas de pôquer era uma receita para o desastre. O bolo não sairia da mesa em um futuro próximo e os convidados ficariam tentados a comer ainda mais. E se eles passassem mal por causa de tanto álcool?

De repente, Merlinda se recostou na cadeira com os olhos fechando-se. O vinho e o bolo de Natal claramente a tinham afetado a ponto de parecer que ela desmaiaria. O vinho acabara. Agora realmente precisávamos nos livrar do bolo antes que ela decidisse comer mais.

— Eu só estava brincando sobre a luta de bolo — disse Mamãe, mas sua expressão dizia o contrário. Ela falara muito sério.

Tia Amber sentiu a decepção de Mamãe e falou rapidamente: — Por que não jogamos verdade ou consequência?

— Boa ideia.— Na verdade, eu achava que verdade ou consequência era uma péssima ideia, dadas as personalidades em volta da mesa. Mas era melhor do que comer ou esconder mais do bolo de Natal.

— Eu jogo se todos jogarem de verdade. — Tia Pearl sorriu maliciosamente. — Aqui, é ganhar a qualquer custo.

— Pode contar comigo. — Gail olhou na direção de Merlinda. — Eu sempre termino por cima.

Lancei um olhar de advertência a Tia Pearl. — Não há vencedores em verdade ou consequência. Só vergonha e talvez alguns machucados.

Mamãe prendeu a respiração. — Mas nada muito imprudente. Pararemos antes que alguém se machuque.

— Não mudem nada por nossa causa — disse Gail. — Finjam que estão em uma véspera de Natal de família normal.

Tia Pearl sorriu. — Ah! Nossos jogos de Natal da família West são tudo, menos normais. Tenha cuidado com o que deseja.

Dei de ombros. Éramos bruxas, afinal de contas, e nossos jogos de bruxaria poderiam ficar feios porque éramos muito competitivas. Mas compartilhar feitiços com pessoas de fora, até mesmo bruxas... definitivamente não. A ameaça velada de Tia Pearl me preocupou. Quaisquer que fossem os planos dela para nossos convidados, com certeza passariam dos limites.

Eu sabia que Tia Pearl nunca compartilharia detalhes dos nossos segredos e feitiços sobrenaturais. Mas, ainda assim, não confiava nela. Talvez fosse o efeito de Earl ou talvez ela quisesse impressionar Merlinda com seus feitiços. Ela normalmente não gostava dos jogos de bruxaria da família, portanto, o entusiasmo dela significava perigo. Algo não estava certo dentro da cabeça dela.

Claro, sempre colocávamos um pouco de bruxaria nos jogos. Normalmente, não era um problema, mas desta vez estávamos em vários estágios de embriaguez. Isso incluía Tia Pearl. Lançar feitiços bêbada era algo perigoso sem a supervisão de pelo menos uma bruxa sóbria.

Tia Pearl abriu um sorriso sádico. — Certo, escutem. Cada casal é uma equipe. Será uma batalha de casais. Vale tudo.

Tia Amber pareceu visivelmente aliviada. — Acho que eu Ruby estamos fora, então. Somos as únicas sem um par.

— Não seja boba — respondeu Tia Pearl. — Vocês serão a equipe de irmãs.

Mamãe balançou a cabeça. — Não! Não quero ser...

— Ora, vamos, Ruby. Será divertido. — Tia Amber se iluminou. — Vamos vencer porque conhecemos bem uma à outra.

— Duvido muito — disse Dominic. — Merlinda e eu vamos levar essa. Certo, Merlinda?

Merlinda abriu os olhos e franziu a testa. — Hm, claro. Só que eu nunca joguei verdade ou consequência.

— É simples — disse eu. — Alguém pergunta para um casal:

verdade ou consequência? Se escolher verdade, você terá que responder a uma pergunta. Se escolher consequência, terá que fazer o que for pedido. Quando terminar a tarefa, você fará o mesmo com o casal que escolher.

Vovó Vi flutuou atrás de Earl e Tia Pearl. — Aah! Mal posso esperar para ver todo mundo se autodestruir. Só sobrará eu.

Mamãe sorriu.

Tia Pearl apontou para Mamãe. — Ruby, você começa.

— Tudo bem. Earl e Pearl... verdade ou consequência?

— Verdade — responderam os dois em uníssono, como um velho casal.

Mamãe riu. — Por que não nos dizem o que fizeram no primeiro encontro?

— Você não pode perguntar isso, Ruby! — O rosto de Tia Pearl ficou muito vermelho.

— Por que não? Você disse que vale tudo, Pearl. — Mamãe levantou as sobrancelhas e sorriu docemente. — Isso também serve para você.

— Tivemos um jantar à luz de velas na minha casa — respondeu Earl. — Foi muito romântico, mas tenho que admitir que as coisas saíram um pouco do controle.

Tia Amber riu por entre os dentes. — Vocês foram com tudo? Minha nossa... consigo até ver.

— Earl! — Tia Pearl deu um tapa na mão dele.

Earl recuou. — Ah, fomos com tudo sim. Principalmente depois que as cortinas pegaram fogo e tivemos que chamar os bombeiros. Pearl adora as velas aromatizadas dela. Você pode derretê-las para fazer um óleo de massagem e... — Ele deu um tapinha na mão dela. — Acho melhor não dizer mais nada. Mas nunca vou me esquecer daquela noite. Pearl é cheia de surpresas.

Tyler e eu gargalhamos. Logo em seguida, Mamãe também. A ideia de Tia Pearl sendo romântica com alguém era além da imaginação. Mas, de novo, Earl tinha um efeito sobre ela que eu nunca vira antes. Ele a enfeitiçara, por assim dizer.

— Ah, Earl, pare. Você está me deixando com vergonha. — Tia

Pearl se virou para Tyler e eu e falou abruptamente: — Sua vez. Verdade ou consequência?

— Consequência — respondeu Tyler.

Meu coração acelerou, sabendo que Tia Pearl não queria nada além de ridicularizar Tyler. Mas consequência era provavelmente a escolha mais inteligente, pensei. Esperei que Tia Pearl tivesse algumas perguntas embaraçosas na cabeça.

— Quero que você saia da cidade, delegado. — Tia Pearl cruzou os braços e recostou-se na cadeira. — Ainda vou fazer valer a pena se você for rápido.

— Esta não é uma consequência válida, Pearl. — Tia Amber balançou a cabeça. — Na próxima vez, escolha algo que possa ser feito aqui e agora.

Tyler jogou a cabeça para trás e riu. — Boa tentativa, Pearl. Mas nem mesmo um suborno vai me convencer a sair de Westwick Corners. Também não vou deixar Cen.

— Quanto você quer? Pode escolher, eu pago.

— Pearl, pare! — Mamãe apontou o dedo na direção da irmã mais velha. — Tyler não vai a lugar nenhum, é melhor se acostumar.

Os olhos de Tia Pearl se estreitaram. — Se é assim que quer jogar, então tudo bem. Nunca diga que eu não lhe dei uma chance de sair, delegado.

Tyler riu, mas não respondeu.

— Você só desperdiçou sua vez, Tia Pearl. — Pelo menos, ela não me obrigara a amaldiçoar Tyler ou a lançar um feitiço igualmente horrível.

Tia Pearl deu de ombros, mas permaneceu em silêncio. Na pressa de desviar a atenção indesejada de si e Earl, ela não teve tempo de pensar em uma consequência decente.

Virei-me para Brayden e Gail. — Verdade ou consequência?

— Verdade — respondeu Brayden com um sorriso. — Pergunte-me qualquer coisa.

— Você quis dizer "nós," né? — corrigiu Gail. — Pergunte-nos.

Era a oportunidade perfeita para saber mais sobre o relacionamento deles. — Qual é o maior segredo que você guarda do seu par? — perguntei. — Brayden, você primeiro.

Brayden corou. — Bom... é... Cen e eu já fomos noivos.

Não era o que eu estava esperando. Aparentemente, também não era o que Gail estava esperando.

Ela se levantou da cadeira em um pulo. — O quê?! Você me trouxe para a casa da sua ex-namorada para jantar sem me contar? Você mentiu para mim! Disse que ela era uma antiga amiga!

— Bom, ela é os dois. Eu queria dizer algo... só nunca veio à tona, acho. — O olhar de Brayden passeou pela sala em busca de ajuda.

Gail jogou as mãos para o ar. — Como *isso* viria à tona naturalmente em uma conversa? Não acredito que não me disse, Brayden. Você me fez passar por idiota!

Todos olharam para longe em um silêncio constrangedor. Ao vir para o jantar, Gail não tinha ideia de que Brayden e eu quase nos casáramos um dia. Eu ainda não gostava dela, mas não pude deixar de sentir um pouco de pena naquele momento.

Mamãe quebrou o silêncio. — Gail, sua vez. O que você não contou a Brayden?

— Que estou de saco cheio de ser ignorada. — Ela se virou para Brayden. — Estou cansada de você flertando com outras mulheres enquanto estou bem aqui. Acha que não vi você babando por Merlinda? Todo mundo viu. Não é, Dominic?

Merlinda abriu a boca em choque.

Dominic se mexeu na cadeira, claramente desconfortável. — Ahm... talvez devêssemos continuar. Quem é o próximo?

— Não vou mais jogar esse jogo idiota. — Gail se levantou, jogou o guardanapo sobre a mesa e marchou para a cozinha.

As coisas tinham permanecido mais ou menos civilizadas até aquele momento, apesar de todos estarem meio nervosos. Estava claro agora que, não importava qual fosse o jogo, Tia Pearl orquestrara tudo para culminar no momento exato em que todos estariam prontos para acabar uns com os outros.

Mamãe inclinou a cabeça em direção à cozinha. — Acho melhor você ir atrás dela, Brayden.

Brayden suspirou e levantou-se. — Mas por que eu... Ah, tudo bem. Mas antes... Dominic e Merlinda, verdade ou consequência?

— Verdade — respondeu Dominic. — Pergunte algo.

— Você acha que um dia se casarão? — Brayden não se deu nem ao trabalho de esconder enquanto Gail não estava na sala. Ele falou com Dominic, mas olhava para Merlinda com adoração.

Olhei de relance para a porta da cozinha, esperando que Gail não estivesse do outro lado, ouvindo.

Dominic respondeu: — A resposta é sim. Porque já somos casados.

CAPÍTULO 12

— Que casamento? — Tia Pearl engasgou com o que estava comendo. Ela estava visivelmente chateada quando olhou para Merlinda. — Quando vocês se casaram? Por que não me contou?

Estávamos todos em choque demais para falar. A revelação de Dominic era a última coisa que esperávamos.

O queixo de Merlinda caiu. Ela olhou para Dominic.

Tia Pearl arregalou os olhos. — Não acredito que você escondeu isso de mim, Merlinda. Depois de tudo que fiz por você. Achei que compartilhávamos tudo.

— Eu teria contado a você em algum momento, Pearl. Só não estava pronta ainda. — Merlinda se virou para Dominic. — Você prometeu guardar segredo.

— É, mas é verdade ou consequência, querida. E eu não aguentava mais esperar. Ninguém aqui conhece sua família, então que diferença faz?

Eu estava sem palavras. A revelação de que ela e Merlinda eram confidentes era chocante, para dizer o mínimo. E Dominic e Merlinda pareciam um casal muito estranho. Ele deveria ser pelo menos uma década mais velho que ela e seu exterior tatuado e bruto era muito diferente do visual de modelo refinada de Merlinda.

— Quando vocês se casaram? — perguntou Mamãe.

— Nas férias do último semestre quando Merlinda voltou para Vanuatu. — Dominic pegou um pedaço generoso do bolo de Natal e colocou em seu prato. — Tivemos uma cerimônia privada pequena. Merlinda estava tão linda no vestido de noiva.

As luzes piscaram várias vezes antes de permanecerem ligadas. Esperei que fosse de vez naquele momento. Nossa mansão antiga não era o lugar mais confortável para ficar durante uma tempestade. E a escuridão a deixava assustadora.

Tia Pearl se virou para Merlinda. — Você mal tem idade para se casar. Você acabará com sua vida antes mesmo de ela começar.

Dominic a fitou. — Merlinda não precisa dos seus conselhos, Pearl. Ela pode tomar as próprias decisões.

— Eu tenho vinte e um anos — protestou Merlinda com a boca cheia de bolo. — Não tive muitos namorados, mas não preciso. Eu sei que Dominic é o cara certo.

Dominic interveio: — O amor verdadeiro não tem hora. Quando ele entra na sua vida, você tem que segurá-lo e não deixá-lo ir embora.

Pensei em pegar o bolo e levá-lo para a cozinha. Em vez disso, peguei os dois últimos pedaços e coloquei-os no meu prato. Era a única coisa que eu podia fazer para impedir que os convidados continuassem comendo.

Mamãe sorriu. — Definitivamente vou fazer mais na próxima vez.

— Por que você nem me convidou para o casamento? — O rosto de Tia Pearl ficou vermelho com a raiva de ter sido excluída. A decepção dela era compreensível, dado todo o tempo que passavam juntas. Merlinda era basicamente sua protegida e sua única aluna no momento. De repente, Dominic chegara e estragara tudo. Mesmo assim, a raiva de Tia Pearl beirava a obsessão.

— Não convidamos ninguém — comentou Dominic. — Não queríamos fazer nada demais, então fizemos um casamento secreto em Vanuatu. Alguns turistas foram nossas testemunhas. Absolutamente ninguém sabia. Não queríamos esperar, não é, amorzinho?

— Não queriam esperar o quê? — Gail saiu da cozinha, franzindo a testa.

— Merlinda e Dominic se casaram em segredo — disse Tia Amber. — E só descobrimos por causa do jogo de verdade ou consequência.

Gail começou a falar, mas foi interrompida por Merlinda.

— Eu... não estou... me sentindo bem... — Merlinda deixou o garfo cair e apertou a barriga. Ela empurrou a cadeira para trás e ficou de pé.

— Qual é o problema, querida? — perguntou Tia Amber, ficando de pé. Ela olhou preocupada para Merlinda.

Merlinda se sentou novamente e fechou os olhos. — Ficarei bem, só preciso de alguns minutos.

A respiração rápida e a pele vermelha diziam o contrário.

— Talvez seja melhor você deitar. Deixe-me levá-la até o sofá. — Levantei-me no momento em que as luzes apagaram novamente.

A sala estava escura, exceto pela luz fraca das velas e a aparição brilhante suave de Vovó Vi enquanto flutuava sobre o aparador como uma iluminação noturna grande demais. Seu brilho suave iluminou a sala de jantar o suficiente para ver Merlinda curvada sobre a mesa, gemendo de dor.

Tia Pearl também a viu. — Nossa, Merlinda... Você não parece muito bem.

— Meu estômago está doendo muito. Com licença. — Merlinda se levantou da cadeira e cambaleou até a porta da sala de jantar. Ela parou por um momento para se equilibrar. Depois, desapareceu na escuridão da sala de estar.

Dominic se levantou rapidamente. — É melhor eu ajudá-la.

Tia Pearl se enfiou na frente de Dominic. — Não, eu vou ajudá-la.

Não fiquei surpresa por Merlinda ter passado mal depois do tanto que comeu do bolo de Natal. Eu só queria ter tido a chance de impedi-la sem que Mamãe soubesse.

A conversa parou enquanto ouvíamos Merlinda tropeçar pela sala de estar até o corredor, indo em direção ao banheiro.

Do lado de fora, o vento uivou, balançando as janelas antigas.

As luzes piscaram novamente e ficaram acesas por aproximadamente trinta segundos, desligando de novo. Segundos depois, uma rajada de vento apagou todas as velas. Sentamo-nos no escuro sem dizer uma palavra. Estávamos paralisados pelos barulhos agonizantes de Merlinda no corredor.

Merlinda não conseguira chegar ao banheiro e recusava repetidamente todas as ofertas de ajuda, mas estava matando-me ficar sentada lá sem fazer nada.

— Vou pegar mais fósforos. — Levantei-me da cadeira e andei com as mãos para frente para sentir o caminho até a porta da cozinha. Meus olhos lentamente se ajustaram à escuridão e, depois do que pareceu uma eternidade, consegui finalmente andar pela cozinha até o armário embutido onde ficavam os fósforos. Abri e vasculhei gaveta após gaveta, procurando freneticamente até encontrar uma caixa na gaveta mais abaixo.

Acendi a vela na bancada da cozinha e levei-a para a sala de jantar. Depois de acender novamente os candelabros no aparador, coloquei minha vela sobre a mesa, aliviada por ver os rostos familiares de novo.

Eu tinha acabado de sentar quando Merlinda gritou.

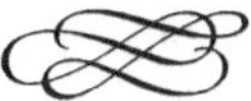

odos nós pulamos com o grito e corremos até a porta. Dominic e Brayden tropeçaram um no outro perto do aparador, quase derrubando as velas.

Dominic sussurrou algo e pegou um candelabro. Ele o brandiu como uma espada e forçou Brayden para fora do caminho.

Eu me encostei na parede para deixar os dois passarem. Dada a obsessão de Brayden com Merlinda e sua necessidade de sempre ser o primeiro, não quis ficar no caminho dele. Eu me movi para que Tyler passasse por mim também. Depois, peguei o segundo candelabro e segui os homens em direção ao corredor.

Quase bati nas costas de Tyler quando ele parou abruptamente à minha frente.

— O que diabos está acontecendo? — reclamou Tia Amber atrás de mim.

— Merlinda! — O grito de Dominic me deu calafrios na espinha.

Nenhuma resposta.

Estiquei o pescoço para ver pelo lado de Tyler e notei Merlinda caída no chão. Dominic se ajoelhou ao lado dela. Seu candelabro aceso estava na mesa do hall, iluminando a entrada escura. A luz oscilante só intensificava o ar sombrio.

Merlinda estava enrolada em posição fetal inconsciente na entrada. Ela desmaiara antes de chegar ao banheiro.

— Merlinda! Fale comigo! — disse Dominic com a voz falhando enquanto balançava os ombros de Merlinda. — Acorde!

Tyler deu a volta em Merlinda e ajoelhou-se ao lado oposto dela. Ele levantou o braço dela, mas estava mole. Ele se inclinou sobre ela e verificou o pulso e os sinais vitais. — Ela não está respirando.

Segui Tyler e fiquei de pé atrás dele. Coloquei meu candelabro no chão perto da porta.

— Alguém chame uma ambulância, rápido! — Tyler se virou de lado e começou a fazer respiração boca a boca. O corpo largo bloqueou parcialmente minha visão, mas, mesmo assim, estava claro que não estava ajudando muito.

— Eu já chamei. — Westwick Corners era tão pequena que não havia de fato um 911. Nem, infelizmente, um hospital ou paramédicos. O médico mais próximo estava a uma hora de distância em Shady Creek. Eu ligara para a emergência de Shady Creek de qualquer forma, esperando um milagre. Mas a tempestade estava tão forte que até os paramédicos estavam presos. — Infelizmente, eles não têm como chegar aqui por causa da tempestade.

Um minuto se passou e, depois, mais alguns. Mesmo na luz fraca, o tom de pele azulado de Merlinda era evidente. A coisa parecia séria.

Tyler e Dominic fizeram respiração boca a boca em turnos, apesar de estar óbvio para todos nós que os esforços eram em vão.

Finalmente, Tyler se levantou e virou-se para Dominic. — Sinto muito, Dominic. Fizemos o possível, mas... ela se foi.

— Ela não se foi. Não pode ter ido. Ela só desmaiou. Temos que continuar tentando. — Dominic tirou Tyler do caminho e continuou a respiração boca a boca, mas, pela técnica que tinha, era óbvio que não ressuscitara ninguém antes.

— Dominic, eu sinto muito. — Brayden colocou uma mão no ombro de Dominic.

Dominic afastou a mão de Brayden. — Ela não se foi. Ela só...

Tia Pearl se enfiou na frente de Brayden e ajoelhou-se ao lado de Merlinda. — Deixe-me vê-la. Vou levá-la ao hospital.

Os olhos de Tyler encontraram os meus. Claramente, ele pensou o mesmo que eu. Nem mesmo magia traria Merlinda de volta à vida.

Tia Pearl ficou de pé e completamente parada enquanto a gravidade da situação a atingia.

— O que diabos está acontecendo? Alguns minutos atrás, ela estava... — Dominic balançou a cabeça em descrença. Ele se afastou lentamente de Merlinda e encostou-se na parede, derrotado. Ele deslizou até o chão e sentou-se, cobrindo o rosto com as mãos. O corpo inteiro dele tremia enquanto chorava. — Ela não pode morrer.

Dominic estava claramente perturbado por perder seu amor.

E ele não era o único.

Tia Pearl gritou: — Não! — Ela caiu no chão ao lado de Merlinda e enrolou o corpo em posição fetal.

E o resto de nós permaneceu no lugar, em choque. Uma mulher de vinte e poucos anos aparentemente saudável acabara de falecer à nossa frente sem nenhuma explicação lógica.

As mãos de Merlinda seguravam a barriga e seu rosto era uma careta. Seus olhos permaneciam bem abertos, sem ver nada. Mesmo sob a luz fraca das velas, era óbvio que estava morta.

— Sinto muito, Pearl. — Tyler gentilmente puxou Tia Pearl para que ficasse de pé e passou um braço em volta dos ombros dela. Ele a conduziu em direção a Tia Amber e Mamãe, que choramingavam baixinho a alguns metros.

Dominic soluçou entre as mãos. — Ela estava comendo e bebendo... Tudo estava bem. Não entendo o que aconteceu. Como alguém tão jovem pode simplesmente morrer assim?

Tyler balançou a cabeça. — Às vezes, as pessoas morrem subitamente. Talvez ela tivesse alguma condição médica não diagnosticada. Teremos que esperar para ver o que os legistas dirão.

Os legistas, como basicamente todo o resto, estavam em Shady Creek.

Mamãe colocou a mão sobre a boca em choque. — Não acredito. Ela era a saúde em pessoa. E comia muito bem. Ela estava gostando do meu bolo de Natal.

Tia Pearl pulou e sacudiu o punho para Mamãe. — Você precisa parar de fazer esse bolo, Ruby. Seu bolo idiota acabou de matar minha melhor aluna!

— Você acha que envenenei Merlinda? — O queixo de Mamãe caiu com a acusação de Tia Pearl. — Isso é loucura. E todos os outros? Todos comeram o bolo e não há mais ninguém passando mal.

Na verdade, apenas Merlinda, Gail e Dominic tinham comido o bolo. O resto de nós o escondera. Mas Mamãe não sabia disso. Dei um tapinha no ombro dela, aliviada por até o momento Gail e Dominic não terem mostrado nenhum sintoma. Ainda. — Tia Pearl não quis dizer...

— Eu quis dizer sim, senhora, Cendrine. É culpa de Ruby que Merlinda esteja morta. — Tia Pearl se balançava para frente e para trás, claramente perturbada. — Nunca terei outra aluna como Merlinda. Todo aquele talento, destruído por algumas migalhas de bolo venenoso.

Mamãe prendeu a respiração. — Não pode ter sido meu bolo, Pearl. É a mesma receita que faço todo ano. Como pode ter algo de errado com ele?

— Ahm... Ruby, tem algo que preciso perguntar a você. — Earl passou o peso de um pé para o outro, desconfortável. — Você lembra que eu estava ajudando com o problema dos ratos?

Gail ficou imóvel. — Você tem problemas com ratos aqui?

— Infelizmente — disse Earl. — Então, o problema é que coloquei o copo medidor do veneno de rato na bancada por um minuto e, quando voltei, tinha sumido.

Mamãe engasgou. — Você não acha que... Está dizendo que o pó branco no meu copo medidor não era farinha? Eu o usei no bolo.

— Se não foi você mesma que encheu o copo medidor, por que o usou, Ruby? — perguntou Tyler. — Como você sabia que era farinha?

Lágrimas escorreram pelas bochechas de Mamãe. — Eu... eu acho que não estava pensando. Achei estranho porque não me lembrava de ter usado o copo medidor. Mas tenho estado distraída ultimamente, achei que já tinha medido a farinha e tinha esquecido. Estava tão ocupada organizando o jantar com todos os convidados de última hora de Pearl que perdi a noção das coisas.

Fiz uma careta para o insulto de Tia Pearl ao bolo de Mamãe e, indiretamente, ao meu status de abandono da Escola de Encantamento de Pearl. — Mesmo se Merlinda tivesse sido envenenada, poderia ter sido de qualquer coisa. Como seu chá de ervas, por exemplo.

— Ei, eu comi o bolo e não há nada de errado comigo — disse Dominic. — Não pode ter sido o bolo.

— Você pesa no mínimo o dobro de Merlinda — destacou Brayden. — Teria sido mais fácil para você absorver o veneno. Ou isso ou só levará mais tempo para afetar você.

As mãos de Dominic voaram até sua boca. — De repente, não me sinto tão bem.

Gail acenou com a cabeça. — Eu também comi um pouco e não estou passando mal. Tem certeza de que era veneno para ratos? Estou bem.

"Um pouco" era colocar por baixo. Gail provavelmente comera quatro ou cinco fatias pelas minhas contas. Mesmo assim, não havia sinais de envenenamento.

Tia Pearl tirou a mão do bolso, dando-me o dedo. Ao fazer isso, um pedaço de papel amassado caiu no chão.

— Que tragédia. — Tia Amber pegou o papel. Ela franziu a testa ao desenrolá-lo e lê-lo. — Opa. Seu remédio de chá de ervas tem um erro, Pearl. Em vez de cardo-mariano, diz visco. Você sabe que visco é venenoso, não sabe?

— É claro que sei. Deixe-me ver isso. — Tia Pearl tomou o papel da mão de Tia Amber.

Tia Amber balançou a cabeça enquanto olhava para o corpo sem vida de Merlinda. — Ah, meu Deus, Pearl. O que você fez?

CAPÍTULO 14

— Você matou Merlinda! — gritou Dominic. — Ela finalmente estava indo para casa, deixando você para trás de vez. Você sabia que não poderia mantê-la aqui na sua escola para sempre. Por isso, envenenou o chá e matou-a.

— Pearl não fez de propósito. Foi um acidente. — As palavras de Mamãe ficaram no ar enquanto todos ficaram em silêncio.

Dominic começou a ir em direção a Tia Pearl. — Eu vou matá-la, sua velha.

Brayden e Tyler interceptaram Dominic quando ele estava prestes a alcançar Tia Pearl. Cada um deles agarrou um braço, prendendo-o, mas por pouco.

Eu não fazia ideia do que Dominic quisera dizer sobre Tia Pearl querer manter Merlinda em Westwick Corners, mas provavelmente tinha um fundo de verdade. Tia Pearl às vezes recorria a medidas drásticas quando não conseguia o que queria. Mas matar Merlinda para evitar que ela fosse embora? Sem chance. Eu não conseguia imaginá-la fazendo isso.

Era o tipo de coisa que você ouvia no *Dateline*. As pessoas entram em desespero quando o amor está em jogo. E, embora o relacionamento de Tia Pearl com Merlinda fosse mais de mentora e protegida,

Tia Pearl era muito próxima dela. Na verdade, ela era obcecada por Merlinda. Se Merlinda planejara mesmo sair da Escola de Encantamento de Pearl, eu não duvidava de que Tia Pearl tentasse fazer a própria justiça vigilante.

Como ex-estudante, eu sabia bem.

Mas matar Merlinda? Nunca.

— Não seja ridículo. — Tia Pearl sorriu com a voz subitamente calma. — Sou uma pessoa razoável e jamais ficaria no caminho de Merlinda. Não era eu que ela queria que fosse embora, sabe.

Os olhos de Tyler se estreitaram. — O que quer dizer, Pearl?

Tia Pearl revirou os olhos. — Descubra sozinho, delegado. Faça seu trabalho.

— Tia Pearl, responda à pergunta de Tyler. — A resposta impertinente dela me pareceu muito estranha. Um minuto atrás, ela estava histérica.

— Eu não matei ninguém. — Tia Pearl balançou o punho para Dominic. — Por que diabos eu envenenaria minha própria aluna? Alunos mortos não são exatamente uma coisa boa para a Escola de Encantamento de Pearl, são? Como atrairia novos alunos?

Também pensei a mesma coisa, mas não me atrevi a falar nada. Até onde eu sabia, Tia Pearl não fazia propaganda nem tinha um *website*. Era tudo no boca a boca, que fora como Merlinda descobrira a Escola de Encantamento de Pearl. Ela viajara metade do mundo para ir às aulas só para ter um fim trágico.

Dominic se contorceu para se livrar de Tyler e Brayden, mas eles o seguravam firmemente pelos braços. — Eu vou dizer por que você a matou. Porque ela era melhor do que você. Merlinda me disse que você tinha inveja dos talentos dela. Não queria que Merlinda tomasse seu lugar no mundo porque todos saberiam que ela era melhor do que você. Admita.

Pelo menos ele não dissera que Tia Pearl era melhor *como bruxa*. Brayden sabia sobre nossos talentos... mais ou menos. Ele achava que éramos loucas, não bruxas. Ele decidira que nossas ervas, talismãs e poções eram só um *hobby* estranho de família e não conseguia ver nada do que acontecia embaixo de seu nariz. Ele não tinha ideia dos encantamentos que Tia Pearl fizera com ele apenas para se divertir.

Tyler, por outro lado, sabia sobre nossos segredos sobrenaturais. Além da cegueira deliberada de Brayden, apenas Gail não tinha ideia de que éramos bruxas.

E era melhor que permanecesse assim.

— Inveja? Por que eu teria inveja? Eu ensinei a Merlinda tudo que ela sabia — disse Tia Pearl com deboche.

— Pearl, pegue leve com Dominic. Ele acabou de perder Merlinda. — Mamãe colocou um braço em volta de Tia Pearl e conduziu-a para a sala de estar. Tia Amber e eu as seguimos.

Mamãe e Tia Amber sentaram no sofá, uma de cada lado de Tia Pearl como guardas de prisão. Fiquei perto da porta, pronta para bloquear o caminho de Tia Pearl caso ela tentasse chegar até Dominic.

— E eu acabei de perder minha protegida. Ninguém liga para como eu me sinto? — Tia Pearl ficou vermelha de raiva enquanto tentava se soltar de Tia Amber. — Que tipo de professora envenena os próprios alunos? Certamente não é o meu tipo.

Tia Amber levantou a mão. — Não vou dizer que você a envenenou de propósito, Pearl. Você só se descuidou e escreveu o feitiço errado. Todas nós erramos às vezes. Sabe, essas ervas são fáceis de confundir.

Tia Pearl fechou a cara. — Talvez você esteja descuidada ou confusa, Amber. Eu não. Estou bem demais para cometer um erro assim. Como você pode sequer sugerir algo deste tipo? Temos um assassino entre nós.

— Não sabemos de verdade — disse eu. — A morte de Merlinda realmente parece suspeita, mas só legistas podem determinar a causa da morte. Tudo que podemos fazer é preservar as provas.

— Provas? — Mamãe estremeceu. — Não estou gostando de para onde as coisas estão indo.

— Cen tem razão — disse Tia Amber. — Com a tempestade, demorará um pouco até que os médicos cheguem aqui, portanto, temos que garantir que tudo permaneça exatamente como está.

Nós tínhamos que pelo menos convencer Tia Pearl a manter as

mãos, e a bruxaria, longe de tudo. Encobrir um erro poderia ter consequências graves.

— Vocês realmente acham que eu a envenenei? — Tia Pearl olhou para nós em busca de respostas. — Acho que alguém está tentando armar para mim. Aposto como é o delegado Gates.

— Não seja ridícula, Tia Pearl — disse eu. — Não tivemos nada a ver com a morte de Merlinda. Ele nem chegou perto dela. — Tyler chegara tarde e sentara ao meu lado, do lado oposto da mesa. Ele não saíra da minha visão.

Tia Amber e Mamãe trocaram olhares preocupados. Eu sabia o que estavam pensando. Eu precisava fazer algo antes que Tia Pearl tomasse uma atitude drástica.

Fosse um acidente ou um crime calculado, Tia Pearl era uma suspeita improvável em ambos os casos. Ela era perfeccionista e quase nunca errava. Ela raramente cometia erros com os feitiços e com certeza não erraria uma simples mistura de chá.

Por outro lado, todos tinham comido o mesmo jantar, mas só Merlinda bebera o chá de Tia Pearl.

No entanto, Tia Pearl tinha muito a perder mesmo com um simples erro. A reputação de sua escola, para começar. Como se tivesse lido minha mente, Tia Pearl disse: — Isto não foi um acidente. E não havia nada de errado com meu chá.

Tia Amber bateu no papel com as unhas bem feitas. — Mas a receita diz visco bem aqui...

Tia Pearl pegou a receita de Tia Amber. — Pare, Amber! Eu escrevi errado de propósito para que ninguém roubasse minha receita.

— Admita que está errada, Pearl. — Tia Amber tentou pegar o papel de volta, mas Tia Pearl o rasgou em pedacinhos.

Tia Amber revirou os olhos. — Você acabou de destruir uma prova. Não que vá ajudar, pois seu chá será testado.

— Pelo amor de Deus, isso é ridículo! Eu nunca cometeria um erro desses. Vou provar. — Tia Pearl pegou a xícara de chá de Merlinda da mesa de centro e bebeu o que havia dentro. A xícara tilintou quando Tia Pearl a colocou de volta. — Viu? Não aconteceu nada.

Prendi a respiração. — Você acabou de beber uma prova.

— E envenenou-se no processo, idiota — acrescentou Tia Amber. — Espero que consigamos salvá-la a tempo, já que esse tipo de veneno não é instantâneo. Há quanto tempo Merlinda bebeu o chá?

— Ah, eu sei lá. — Tia Pearl se virou para mim. — Quando Cen estava no globo de neve. Talvez umas duas horas? Quanto tempo leva para envenenar alguém?

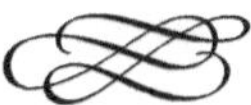

oltamos para a entrada para ver o que os homens estavam fazendo. Era difícil se movimentar com todos lá. Dominic estava ajoelhado ao lado de Merlinda e Tyler estava agachado do outro lado. O resto de nós estava reunido em volta deles.

Analisei a entrada e notei que estava faltando alguém. — Cadê Earl?

— Achei que ele estava na sala de estar com vocês — respondeu Brayden.

— Não. — Normalmente, Earl nunca saía do lado de Tia Pearl. Visualizei o momento em que falamos sobre o veneno de rato e imaginei que ele tivesse voltado para a cozinha para verificar mais uma vez o copo medidor de Mamãe. Mas o veneno de rato não explicava por que só Merlinda fora afetada. Ela não fora a única que comera o bolo de Natal. Talvez a reação de Merlinda não tivesse sido por causa do bolo.

Os olhos de Tyler encontraram os meus. — Cen, garanta que ninguém toque em nada. Preciso ligar para alguém.

Confirmei com a cabeça e observei Tyler sair da sala de estar. Era mais fácil falar do que fazer.

Tia Amber passou por Mamãe e eu e deu um tapinha no ombro de

Dominic. — Saia do caminho e deixe-me dar uma olhada. Posso dizer instantaneamente se Merlinda foi envenenada com visco.

Dominic a interrompeu com um aceno de mão. — Não se atreva a tocar nela. Você não é médica. Vamos ter que esperar um médico chegar aqui.

Eita.

— Você está só presumindo que o médico será homem? — perguntou Tia Amber. — Na verdade, a médica é mulher. Por que você acharia que não?

— Porque, dã, médico legista. É claro que é um homem. Mulheres não se dão muito bem com esse tipo de coisa — respondeu Dominic.

— O que você realmente quer dizer é que não gosta de mulheres fazendo nada, não é, Dominic? — Os olhos de Tia Amber se estreitaram. — Você com certeza não gostava de Merlinda roubando a cena. E não consegue lidar com fato de que sou especialista na minha área. Mesmo se isso significasse descobrir o que aconteceu com a sua esposa.

Tia Amber era feminista, herbalista e uma bruxa, nesta ordem. Ela também era uma força a ser reconhecida nas raras ocasiões em que perdia a paciência. Aquela era uma dessas vezes.

Dominic se levantou para enfrentar Tia Amber. Ele precisava dar a última palavra. — Gosto das mulheres no lugar delas: cozinhando e limpando. Exceto, é claro, quando não cozinham bem.

— Cuidado, garoto — advertiu Tia Pearl. — Não há nada de errado com a comida de Ruby.

— Espere um minuto... — Mamãe deu um passo à frente, mas foi tarde demais.

— Ei! Mas que... — Dominic se segurou em Tia Amber quando ela o empurrou para longe do corpo de Merlinda em direção à porta da sala de estar com uma mão. Ele tropeçou para trás antes de cair no chão da sala.

A julgar pela expressão confusa de Dominic, ele claramente estava perplexo com o fato de a pequena Tia Amber ter sido mais forte do que ele. — Como você fez isso?

— Você gostaria muito de saber, não é? — Tia Amber não esperou a resposta. — Acontece que sou ótima em meu trabalho.

Ela esfregou a palma das mãos uma na outra como se estivesse limpando-se de Dominic. Com o trabalho de justiça com Dominic concluído, ela se ajoelhou ao lado de Merlinda, estudando o rosto dela com cuidado para não tocá-la. Ela se aproximou e inalou o ar perto da boca de Merlinda.

Mamãe parou entre Dominic e Tia Amber, pronta para agir. Ela tinha poderes para deter Dominic, mesmo que estivesse relutante em usá-los. Isso era óbvio pela expressão de nervosismo dela.

— Você deveria saber que isso aconteceria, Dominic. — Os olhos de Tia Pearl se estreitaram. — Agora entendo do que Merlinda estava falando.

— Você está blefando. Merlinda nunca falou nada sobre mim para você. — Dominic parecia assustado. — Falou?

Tia Pearl colocou um dedo na boca. — Minha boca é um túmulo. Eu nunca traio a confiança dos outros. Merlinda me contou tudo que você está fazendo, então não tente dar uma de espertinho.

Dominic ficou vermelho. Ele abriu a boca, mas reconsiderou. Ele fechou a boca sem dizer nenhuma palavra.

Tia Amber olhou para cima com o rosto repleto de preocupação. — Merlinda definitivamente foi envenenada.

Tyler terminou a ligação, colocando o telefone de volta no bolso ao voltar para a entrada. — Certo. Todos para fora, para a sala de estar. Exceto você, Brayden. Vamos mover Merlinda para o escritório e trancar a porta até que a legista chegue.

Brayden acenou com a cabeça, apesar de parecer com nojo e muito relutante em tocar no corpo de Merlinda.

Dominic protestou, mas logo Brayden o cortou com seus modos abrasivos e grosseiros. — Tyler tem razão, Dominic. Não podemos deixar Merlinda aqui no chão da entrada. Temos que movê-la.

Vovó Vi flutuou ao lado de Brayden. Claro que apenas nós bruxas podíamos ouvi-la, mas ela falou mesmo assim. — Qualquer bruxa que valha alguma coisa consegue entrar em um cômodo trancado. E há algumas de nós aqui.

Era exatamente disto que eu tinha medo.

CAPÍTULO 16

Segui Mamãe, Gail e os outros até a sala de estar enquanto Dominic estava sentado de costas para a parede logo depois da porta da sala. Ele nem se deu ao trabalho de levantar, com medo de que Tia Amber batesse nele de novo. Seu olhar passeava de Tia Amber na sala de estar para Tyler e Brayden na entrada. Os dois homens ainda estavam pensando na melhor maneira de mover o corpo de Merlinda para o escritório.

De certa forma, senti pena de Dominic, mas ele também parecia suspeito para mim. Não só porque a visita surpresa a Westwick Corners coincidira com a morte repentina de sua jovem esposa. O casamento secreto também me chamou atenção. Talvez ele pudesse se beneficiar da morte de Merlinda, financeiramente ou de alguma outra forma. Quaisquer que fossem as circunstâncias, Dominic tinha muito a explicar.

Eu tinha certeza de que a dor de Dominic era genuína. Ele se virou e observou o corredor por cima do ombro. Dentro de segundos, começou a chorar. Seu corpo inteiro tremeu enquanto soluçava descontroladamente.

— Alguém o faça parar — disse Vovó Vi. — Parece que estou em uma novela muito ruim.

— Não acredito que isso está acontecendo comigo. Eu deveria ter ficado em casa. — Gail se sentou no braço da minha poltrona, apesar de haver bastante espaço no resto da sala.

Eu também queria que ela tivesse ficado em casa, mas dizer isso só a deixaria furiosa.

O comentário de Gail fora absurdamente egoísta, dado o fato de que alguém acabara de morrer. Brayden de alguma forma conseguira uma namorada que era tão egoísta quanto ele. Por outro lado, Gail provavelmente nunca esperara passar a véspera de Natal com o namorado na casa da ex-noiva dele.

Fiquei imaginando quais eram os pensamentos de Gail sobre minha família maluca. E sobre mim. Brayden provavelmente dissera a ela que éramos loucas. Mas por que eu me importava com o que Gail pensava? De alguma forma, eu queria que Gail se arrependesse de ter aceitado o convite suspeito de última hora de Tia Pearl. Mas, egoísta ou não, ela não criara a situação em que se encontrava.

Olhei para o lado em choque com o que via. Enquanto o resto de nós sentava em silêncio, Gail vasculhava sua bolsa gigante. Ela alternou entre lixar as unhas e ver se havia mensagens no celular. Aparentemente, nem mesmo uma morte repentina era o suficiente para manter sua atenção.

A luz combinada do celular de Gail e das velas lançou um brilho estranho e acentuou as sombras nas paredes da sala, aumentando o ar sombrio.

Tia Pearl quebrou o silêncio. — Por que eu sou sempre culpada de tudo? Garanto que não havia nada de errado com meu chá. Acredite, quando enveneno alguém, a coisa é rápida. Bem assim. — Ela estalou os dedos.

— Como assim *quando* você envenena alguém? — O queixo de Tia Amber caiu. — Você já fez isso antes?

Como executiva da WICCA, Tia Amber era obrigada a relatar qualquer uso incorreto de bruxaria, algo que Tia Pearl sabia bem. Tia Pearl estava entrando em um jogo perigoso, em que todas nós poderíamos pagar caro pelos atos irresponsáveis dela.

— Ela não quis dizer... — A voz de Mamãe foi sumindo enquanto absorvia a gravidade das palavras de Tia Pearl.

— Claro que eu quis dizer — retrucou Tia Pearl. — Não vou entrar em detalhes, mas vamos dizer que, se mexer comigo, você vai se arrepender muito.

Tia Pearl ainda estava em completa negação sobre tudo em relação à morte repentina de Merlinda com a possibilidade de um erro no seu chá ter algo a ver com isso. Mesmo assim, ela acabara de insinuar que mataria qualquer um que ficasse em seu caminho.

— Você está mentindo. Você não envenenaria alguém de propósito. — Olhei para a entrada. Brayden estava de guarda perto de Merlinda, mas Tyler não estava à vista. Ainda bem. Os comentários incriminatórios de Tia Pearl sobre veneno o fariam investigar e possivelmente rastrear coisas.

— Isso depende.

Suspirei. — Não sei por que está tentando nos distrair da tragédia do que aconteceu. Encare, Tia Pearl. Você errou. Todos erramos às vezes. É melhor para todos se você só assumir.

Tia Pearl ficou de pé e cruzou os braços à frente do corpo. — Eu me recuso a responder a algo que pode me incriminar. Não vou divulgar meus segredos. Isso inclui minha receita secreta do chá. Sobre o veneno... vocês não precisam se preocupar.

— Que receita secreta? — Tia Amber bateu os dedos em um pedaço de papel. — Eu tenho uma cópia da receita bem aqui. Achei em cima da bancada da cozinha.

— O quê? Não, você não achou. — Tia Pearl puxou um papel dobrado do sutiã. Ela suspirou, claramente aliviada. — Esta é outra receita falsa. Sempre altero os ingredientes, caso a receita caia nas mãos de um inimigo. — Ela tomou o papel da mão de Tia Amber.

— Ah, pelo amor de Deus, Pearl, é só admitir. Você errou. — Tia Amber apontou para a entrada. — Por favor, admita antes que Tyler fique louco achando que alguém foi assassinado. E não saia por aí dizendo que você tem o hábito de envenenar as pessoas de propósito.

— Eu não envenenei Merlinda. Já falei mil vezes, meu chá estava ótimo. Eu mesma o bebi e, veja só, estou mu-uuito bem... — A voz dela falhou enquanto falava.

— Não, não está. Você está começando a falar estranho. — Tia Amber franziu a testa. — Não sei por que está tentando atrapalhar as coisas, mas é desrespeitoso com Merlinda, para dizer o mínimo. Você não quer que o delegado descubra o que aconteceu? Agora ele tem suspeitas sobre a morte dela. Você está transformando um acidente trágico em uma investigação de assassinato.

— Não estou fazendo isso — retrucou Tia Pearl. — O delegado Gates não seria capaz de encontrar um assassino no corredor da morte de uma prisão de segurança máxima. Pare de me culpar e concentre-se em encontrar o verdadeiro assassino de Merlinda. Todos sabemos que o delegado não vai encontrá-lo.

— Não fale de Tyler assim — sussurrei. — E abaixe a voz. Não serei parte dessa conspiração que você está criando.

— Cen tem razão, Pearl — disse Mamãe. — Tyler é um delegado excelente. Não o provoque. Só admita seu erro.

— Ah, meu Deus do céu, Ruby. Não há nada de errado com meu chá. O delegado Gates está tentando armar para mim. Talvez ele tenha matado Merlinda.

Andei até Tia Pearl e segurei o candelabro em frente ao rosto dela. Ela estava pálida e uma camada fina de suor cobria sua testa. As pupilas dilatadas dela eram visíveis mesmo na luz fraca.

Duvidei de que a luz das velas fosse suficiente para dilatar as pupilas de alguém com setenta anos, mesmo assim, as de Tia Pearl estavam visivelmente grandes. Talvez fosse todo o choque e a animosidade da morte de Merlinda. Ou talvez os olhos dela tivessem reagido a algo pior, como veneno.

Cheguei um passo mais perto. — Tem certeza de que está bem, Tia Pearl? Você não parece muito legal.

Tia Pearl levantou a mão, protegendo os olhos da luz. — Pelo amor de Deus, Cen, tire esta luz da minha cara. E pare de me bombardear com perguntas. Esse interrogatório não tem sentido. O que vem depois, vai me pendurar no pau de arara?

Abri a boca, mas pensei melhor. Pelo menos, ela continuava intragável como sempre. Era um bom sinal e eu não queria mais antagonizá-la. Mas ela não parecia muito bem. Coloquei as velas na mesa de centro. — Mamãe, venha me ajudar.

— Ah... De repente, estou me sentindo cansada. Acho que preciso sentar. — A mão de Tia Pearl tremeu quando ela a colocou na testa.

Mamãe e eu conduzimos Tia Pearl até o sofá no mesmo momento.

As pernas de Tia Pearl fraquejaram e ela caiu no sofá. Ela apertou a barriga e deitou lentamente. — Acho que não estou bem.

A sala de repente se iluminou, mas não foi a eletricidade que voltara.

Era um feito de Merlinda. Apesar de ela ter morrido, o globo de neve tropical dela ainda brilhava. Ele pulsava, lançando uma luz fraca pela sala escurecida. Ela era, ou fora, uma bruxa tão poderosa que o resíduo de seus poderes ainda permaneciam, mesmo após sua morte.

O que era estranho. Assustador, na verdade. Era um testamento dos poderes sobrenaturais de Merlinda. Mesmo assim, apesar de sua força, alguém ainda conseguira pegá-la.

— Cen? — Tia Pearl se sentou e falou com a voz rouca. — Quanto tempo leva para envenenar alguém? Você é especialista neste tipo de coisa.

Eu não podia responder nem se quisesse. Eu estava sem palavras, fascinada pelo globo de Merlinda à medida que sua luz ficava mais forte. Agora ele pulsava com luz e parecia ter vida própria. Era maravilhoso.

Minha inveja de Merlinda parecia tão mesquinha agora. Em todos aqueles meses, eu poderia ter me aproximado e poderíamos ter sido amigas. Ela estava sozinha em um país estranho, longe da família e dos amigos. E eu a afastei de propósito quando poderia tê-la protegido. Era tarde demais agora e eu me arrependia.

— Eu não sei nada sobre envenenar os outros. — Olhei para Tia Pearl. — Não se atreva a tentar colocar a culpa em mim.

— Ah, Cen, relaxe. — Tia Pearl suspirou. — Todo mundo sabe que você é uma péssima bruxa e não conseguiria envenenar uma mosca nem que sua vida dependesse disso. Eu só pensei que, com o seu passado jornalístico, você saberia algo sobre venenos de forma geral. Eu estava testando seu conhecimento. Só para que saiba, você falhou miseravelmente.

Tia Pearl parecia ter se recuperado completamente de qualquer que fosse a calamidade que a acometera momentos antes. Talvez fosse só uma cena.

— Vamos nos concentrar novamente em Merlinda. — Eu me virei para Tia Amber. — Você pode fazer Tia Pearl cooperar?

Tia Amber deu de ombros, como que para se absolver de qualquer responsabilidade pela irmã. Ela obviamente não queria mais provocar Tia Pearl. Ela apontou para a xícara vazia. — É meio tarde para isso.

— Você está exagerando como sempre, Cen. — Tia Pearl se iluminou. — Farei um feitiço para voltar no tempo. Merlinda voltará, nenhum de nós comerá nem beberá mais nada e tudo ficará bem.

— Não seja ridícula — disse Tia Amber. — Você não pode fazer feitiços para voltar no tempo em si mesma.

— Tudo bem, Amber. Já que sabe de tudo, faça você. — Tia Pearl olhou para Tia Amber e levantou os braços, rendendo-se. — Faça-me voltar no tempo.

Olhei para a entrada quando Tyler reapareceu na porta. Ele e Brayden tinham movido Merlinda durante nossa discussão acalorada. Brayden não estava à vista.

Tyler passou por Dominic assim que entrou na sala. — Ninguém voltará no tempo.

Tia Amber fungou. — Ele tem razão, Pearl. Não queremos encobrir o acidente.

— Eu já falei mais de mil vezes, não foi um acidente! — Tia Pearl se levantou do sofá rapidamente sem nenhum sinal de desconforto. — Você não está me escutando!

Dominic franziu a testa. Ele se levantou e saiu da sala em direção à entrada.

Earl ainda não reaparecera e fiquei imaginando o que estava fazendo. Tyler instruíra a todos a ficarem na sala de estar, mas isso fora depois de Earl sumir.

Brayden também não estava mais na entrada, mas achei que ele estaria deitado depois de ser forçado a ajudar Tyler. Por outro lado, era estranho ele não estar sentado no sofá com Gail, tentando me fazer ciúmes ou algo assim.

Tia Amber franziu a testa. — Mais uma coisa, Pearl. Se Merlinda foi assassinada, como você diz, como faria o feitiço voltar no tempo? Você não sabe detalhes suficientes sobre ele. Há algo que não está nos contando?

Gail olhou para cima, parando de lixar as unhas. — Do que diabos vocês estão falando?

Nós a ignoramos.

Tia Pearl bateu o pé no chão e fechou a cara. — Pare de mudar de assunto, Amber. Estou falando, tenho certeza absoluta de que não havia nada de errado com meu chá. Foi assassinato.

— Deixe que eu julgo isso. — Tyler pegou a xícara usando uma luva e colocou-a em uma sacola plástica.

— Prenda-me e você pagará, delegado Gates.

Tyler revirou os olhos. — Você nunca sabe quando parar, Pearl.

Tia Pearl sacudiu o braço para ele. — Por que você não vai embora da cidade, delegado Gates? Não precisamos de você aqui.

Ele piscou para Tia Pearl. — Acho que você precisa muito de mim. Eu a mantenho fora de problemas.

— Ninguém me mantém fora de nada. Especialmente você, delegado! Faço muitas coisas que você não sabe. Não se dê créditos que não são seus.

— Tia Pearl, pare de discutir... — Fui interrompida por Earl.

— Achei meu copo medidor. — Earl parou na porta da sala de jantar com o rosto vermelho e suado. A fantasia de Papai Noel estava meio desabotoada, revelando uma camiseta xadrez por baixo. A fantasia e a roupa estavam cobertas com um pó branco. — Era quase igual ao que Ruby usou, mas o que usei para o veneno tinha um rachado.

— Ah, não! Esse foi o copo medidor que usei. Lembrei agora. — Mamãe pulou do sofá e gritou enquanto corria para a sala de jantar.

Meu coração afundou enquanto corria atrás de Mamãe.

Olhei para a mesa de jantar. A bandeja do bolo estava vazia. Não restara nem um farelo, mas havia algo em seu lugar.

Dois ratos mortos.

— Meu Deus do céu! — gritou Mamãe. — Vamos todos morrer!

CAPÍTULO 17

Passei o braço em volta de Mamãe e apertei-a para consolá-la. — Talvez os ratos tenham sido envenenados por Earl antes de comerem o bolo. — Virei-me para Earl e perguntei o óbvio. — Eles já estavam no prato ou você os colocou lá?

— Claro que eles já estavam no prato. Por que eu os colocaria ali? — Earl limpou a testa suada. — Eu vim tirar esta fantasia idiota de Papai Noel, é quente demais, e vi os ratos mortos na mesa.

— Como você ficou coberto de farinha? — Os olhos de Tia Amber se estreitaram enquanto ela olhava com suspeita para Earl. Uma camada de pó branco cobria a parte de cima da fantasia de Papai Noel. — Você a confundiu com o veneno de rato de novo?

Earl balançou a cabeça e levantou as mãos em protesto. — Não... não foi isso que aconteceu. Mas eu precisava saber se Ruby tinha pegado ou não meu copo medidor sem querer. Estava me deixando maluco e eu não conseguiria suportar se isso realmente tivesse acontecido, portanto, voltei para a cozinha para testá-lo.

— Como exatamente se faz um teste toxicológico em um copo medidor vazio? — perguntou Tia Amber.

— Eu nunca disse que era algo científico. — Earl olhou para baixo para o cinto da fantasia enorme. — Mas se fosse meu veneno de rato, teria como saber.

— Como? — perguntei.

— Enchi o copo medidor com água. Ele não efervesceu, o que significa que era só farinha no copo de Ruby. — Ele franziu a testa quando viu que não estávamos seguindo o raciocínio. — Minha receita de veneno de rato caseira efervesce quando você coloca água.

— Você faz o próprio veneno? — Estremeci levemente ao pensar que veneno caseiro soava como Tia Pearl. Talvez eles não fossem tão diferentes assim. Fiquei imaginando quantas receitas mortais ainda havia na casa.

Earl revirou os olhos. — Claro que faço. Sou um fazendeiro, meu negócio é improvisar. Uso farinha, açúcar, bicarbonato de sódio e um pouco de manteiga de amendoim. Ah, e um pouco de varfarina.

Franzi a testa. — O anticoagulante?

Earl concordou com a cabeça. — Uma dose pequena é tóxica para roedores. A quantidade que usei é inofensiva para humanos, assim como o resto dos ingredientes. A manteiga de amendoim, farinha e açúcar atraem os bichos e o bicarbonato e a varfarina os matam com gases e úlceras. As pessoas podem peidar, mas os ratos não, portanto, gases são fatais para eles. A varfarina é só uma medida extra. Funciona que é uma beleza. — Earl estalou os dedos para dar um efeito.

— Então, no final das contas, meu bolo não era venenoso?

Earl balançou a cabeça, dizendo que não. — A não ser que você seja um roedor que não consegue peidar.

Mamãe juntou as mãos em um gesto de agradecimento. — Graças a Deus não matei ninguém.

Dei de ombros. — Acho que voltamos à estaca zero.

Tia Pearl me olhou interrogativamente.

— Seu chá. — Eu estava mais ou menos brincando porque o ego ferido de Tia Pearl geralmente levava a ações drásticas. A julgar pela história do culto à carga e minha experiência em primeira mão no globo de neve, Merlinda já era uma bruxa melhor que Tia Pearl. Afinal de contas, Merlinda enganara sozinha a nação de uma ilha inteira do sul do Pacífico com sua bruxaria. Algo grande até mesmo para as melhores bruxas.

Olhei para o globo de neve dela. Ele parecia brilhar ainda mais do que a alguns momentos atrás.

— Obrigada por nada, Earl — retrucou Tia Pearl. — Realmente achei que tínhamos algo especial.

— É claro que temos, Pearl — disse Earl. — Mas todos nós erramos às vezes. Eu erro bastante, foi por isso que fui me certificar, para ter certeza de que não tinha errado os ingredientes da minha receita e possivelmente contaminado o bolo de Ruby ao usar o mesmo copo medidor. Eu até mesmo testei para ter certeza. Todo mundo erra. Se você acha que envenenou Merlinda sem querer, deveria dizer.

Mamãe concordou com a cabeça. — Eu sei que é difícil admitir um erro, mas todos nós os cometemos. Até mesmo minha irmã perfeccionista.

Tia Pearl deixou a cabeça cair nas mãos. — Eu... eu não sei mais. Sou sempre tão cuidadosa, mas com tudo que está acontecendo, talvez tenha misturado alguns ingredientes.

Tia Pearl prestava muita atenção nos detalhes. Era difícil imaginar que ela cometera um erro, mesmo que admitisse. Cardo-mariano e visco eram muitos diferentes na aparência. Qualquer mudança nos ingredientes de seu chá tinha que ter sido deliberada, não acidental.

Por outro lado, ela estava apaixonada e estivera muito distraída nos últimos tempos. Ela estava envelhecendo. Talvez esquecer as coisas fosse inevitável. Pensei no meu fiasco do globo de neve. Tia Pearl poderia ser maldosa, mas jamais me deixaria do lado de fora em um clima congelante para morrer. Especialmente não na frente de outras pessoas. Não, a justiça de Tia Pearl era sempre privada.

Ela levara as coisas com Merlinda longe demais? A maioria dos professores se alegrava com as conquistas dos alunos, mesmo quando eram melhores que o professor. Mas Tia Pearl seria esmagada se Merlinda se sobressaísse a ela em relação à bruxaria. Ela aguentaria aquilo?

Em uma palavra: não.

Olhei para o globo de neve tropical de Merlinda. Contra todas as chances, o globo ficava cada vez mais brilhante e agora pulsava com energia. Era uma magia muito poderosa.

105

Passei o olhar do globo de neve de Merlinda para Tia Pearl. A menção constante de Tia Amber ao chá de visco era irritante, mas Tia Pearl precisava admitir os próprios erros.

O chá dela não podia ser descartado até que fosse testado para toxinas e eliminado da consideração. Minhas suspeitas eram de que ela tinha colocado o visco acidentalmente no lugar do cardo-mariano. No fundo, eu queria que Tia Pearl percebesse que ninguém era perfeito. Nem mesmo ela.

Mas chegar à conclusão errada sobre o chá de Tia Pearl, o bolo da Mamãe ou qualquer outra coisa poderia levar a investigação na direção errada. Estava na hora de organizar as coisas.

Dominic apareceu na porta da sala de estar com as botas e a jaqueta nas mãos.

Tia Amber arfou. — Você não pode ir embora.

— Você não pode me forçar a ficar aqui. Alguém acabou de matar minha esposa e o delegado não está fazendo nada. Ele não me deixa chegar perto dela, mas deixará um assassino livre. — Dominic colocou um braço na manga da jaqueta e virou-se para a entrada. — Não vou ficar esperando o assassino matar todo mundo.

— Não há muito que Tyler possa fazer, Dominic — disse eu. — Ele não pode investigar um assassinato em que está diretamente envolvido. É um conflito de interesses. Ele precisará deixar a investigação com a polícia de Shady Creek. Mas, antes disso, ele tem que pelo menos conter a cena do crime. Isso significa que ninguém pode ir embora.

Mamãe suspirou. — Cen tem razão. Tyler, digo, o delegado Gates, sabe o que é melhor. Não importa o que aconteça, você não pode sair durante a tempestade. Você morrerá congelado!

Dominic fechou o zíper da jaqueta. — Prefiro me arriscar do que ficar aqui.

Tia Amber balançou a cabeça. — Não, você tem que ficar. Não estamos em perigo porque não há nenhum assassino. A morte de Merlinda foi um acidente. Pearl só se confundiu com seu chá mortal.

— Pare de me acusar de assassinato, Amber — retrucou Tia Pearl. — Por que diabos eu machucaria Merlinda?

— Eu... eu nunca disse que tinha sido intencional, Pearl. — Tia Amber olhou em volta nervosamente. — Quem sabe? Talvez tenha sido seu chá, talvez tenha sido o bolo de Ruby. Algo matou Merlinda e tudo que sabemos é que foi um acidente horrível. Mas ninguém aqui é assassino.

— Caia na real — retrucou Dominic. — O assassino está nesta sala. Eu vou buscar ajuda.

— Ajuda de quem? — perguntou Mamãe. — Você não conseguirá chegar a Shady Creek com as estradas fechadas. E temos sorte de ter o delegado Gates conosco para nos proteger.

— Azar, ela quis dizer — sussurrou Tia Pearl.

— Hunf — Brayden nem disfarçou seu descontentamento e falta de confiança em Tyler. Ele o teria demitido em um segundo, se pudesse. Mas encontrar um substituto era basicamente impossível e demiti-lo tornaria Brayden um prefeito muito impopular. Ninguém em sã consciência queria cuidar da ordem de Westwick Corners.

— Achamos que foi o bolo de Natal, Dominic. Você também o comeu, não foi? — Fiz uma expressão preocupada.

— Mas você acabou de dizer que o bolo... — O olhar de Mamãe passou de mim para Tia Amber repetidamente.

Tia Amber concordou com a cabeça. — Cen tem razão, Dominic. Você comeu bastante do bolo, não pode sair sozinho até que tenhamos testado o bolo. Se for embora e passar mal como Merlinda, não haverá ninguém para ajudar.

Embora tivéssemos basicamente descartado o bolo, Dominic não sabia disso. Ele não estava na sala quando Earl confirmou que os ingredientes do veneno de rato eram seguros para humanos.

— Não estou preocupado — retrucou ele.

— Por que não, Dominic? — Tia Pearl apontou um dedo para ele. — Foi porque você matou Merlinda? Você fez isso com aquele pó verde estranho que colocou nas batatas dela.

Tyler balançou a cabeça. — Não, eu encontrei o jarro. Aquela coisa verde é só um suplemento alimentar.

— Eu não perguntei nada a você — reclamou Tia Pearl.

— Eu nunca machucaria Merlinda — protestou Dominic. — Eu a amava.

— Então por que está com tanta pressa para deixar sua esposa? — perguntou Tia Amber.

Maridos inocentes normalmente não ficavam nervosos para abandonar a falecida esposa como uma bagagem descartada. Suas ações não condiziam com suas palavras.

Tyler deu um passo à frente e bloqueou o caminho dele. — Ninguém vai embora até descobrirmos o que aconteceu. Isso inclui você.

— Mas... — Dominic levantou o braço em objeção.

— É perigoso lá fora. — Tyler inclinou a cabeça em direção à janela. — Eu sei que a situação não é ideal. A verdade é que estamos todos presos aqui dentro até a tempestade melhorar. O mais rápido que a médica de Shady Creek consegue chegar aqui é amanhã de manhã por causa da tempestade. Até que ela chegue, vamos ficar aqui.

— Tyler tem razão, Dominic. — Mamãe acenou com a mão em direção à janela. — Olhe lá para fora. A neve está muito densa para andar, que dirá dirigir.

A neve esculpira vários montes de neve que tornara impossível até mesmo sair do estacionamento. O Escalade abandonado de Dominic continuava no meio da entrada, sob um monte de neve enorme. Talvez ele não o tivesse levado até o estacionamento só por preguiça. Talvez ele tivesse planejado a fuga.

Tyler colocou a mão no ombro de Dominic e conduziu-o até o sofá. — Se eu fosse você, sentaria e conversaria para que possamos resolver o que aconteceu juntos. Quero saber tudo sobre Merlinda, inclusive os problemas familiares que ela tinha em casa. É interessante para você que coopere porque as coisas não estão boas para o seu lado.

— Eu sou um suspeito? — Dominic não sentou. Ele ficou de pé próximo ao sofá com os braços cruzados. — Ou estou preso?

Tyler coçou o queixo antes de responder a Dominic. — Todos são suspeitos até que tenhamos mais respostas. Como marido dela, você é o suspeito número um até que se prove o contrário. Eu vou prendê-lo se tentar sair, Dominic, portanto, nem tente.

— Eu sabia — sussurrou Tia Pearl.

Tyler não falara muito de nada para ninguém. Ele estava até meio distante de mim, com quem normalmente compartilhava detalhes investigativos. Senti um nó na garganta quando percebi que desta vez eu fazia parte do caso e possivelmente era uma suspeita como o resto de minha família. Ninguém fora deixado de fora. Tyler não podia comparar anotações comigo nem se quisesse.

Gail sorriu sarcasticamente. — Caramba, Tyler. Parece que você tem que resolver coisas demais. Está esperando a polícia de verdade chegar aqui?

Dominic olhou para Gail. — Ahm, com licença. Merlinda acabou de morrer e você está contando piada? Que tipo de pessoa você é?

— Aparentemente, não uma assassina, como você — A voz de Gail era amarga. — Aposto que você faturou uma bolada com o seguro da sua mulher antes de matá-la.

Brayden cobriu as orelhas como uma criança. — Parem vocês todos! Vocês estão me deixando com enxaqueca. Só façam o que Tyler está mandando. — Brayden era o prefeito porque gostava de estar no controle. Era uma pena que fosse horrível nisso. Ele evitava conflitos como o demônio evita a cruz. Era o que ele esperava que Tyler fizesse:

todo o trabalho sujo. Brayden sempre levava o crédito. Mas, quando as coisas davam errado, a culpa era toda de Tyler.

Não sei o que me surpreendeu mais: o estouro de Brayden ou ele ficar do lado de Tyler.

Gail fechou a cara para Brayden. — Não tente mandar em mim, Brayden.

Brayden deu um suspiro profundo. — Eu não estava tentando mandar em ninguém... Deixe para lá. Só escute o delegado.

— Delegado, você é um idiota. — Dominic apontou para Tia Pearl. — Foi aquele chá estranho dela. E se aquela velha envenenar mais alguém?

— Vamos garantir que ninguém mais beba o chá. — Tyler estava com a cara fechada.

O corpo inteiro de Tia Pearl tremeu quando ela reclamou baixinho. Sua raiva era visível mesmo à luz de velas. — Se eu quisesse envenenar vocês, já estariam todos mortos.

Brayden se virou para Dominic. — Você assiste a muitos programas policiais. Pearl não é capaz de algo assim.

Tia Pearl balançou o punho. — Não me diga do que sou ou não capaz! Eu poderia matar vocês até de olhos fechados.

— Pearl! — gritou Mamãe. — Pare de falar assim.

Ocorreu-me que veneno era a arma escolhida por velhinhas. Mantive aquele pensamento para mim mesma.

Tia Pearl andou furiosa até Dominic e bateu em sua barriga. Ele era pelo menos trinta centímetros mais alto que ela, portanto, seu soco acertou algum lugar entre sua barriga e seu peito. — Por que você teve que vir para cá?

— Você me convidou, lembra? Pare de me bater. — Dominic segurou os pulsos finos de Tia Pearl, segurando-a longe do alcance.

— Eu só convidei você porque sabia que não viria. Merlinda planejava ir para casa. Estendi o convite sabendo que você não apareceria. Só que você apareceu.

— Ela é minha esposa, Pearl. Não preciso de um convite seu para visitá-la.

— Ah, é? Bom, acontece que eu sei que Merlinda já tinha dito a você que iria para Vanuatu. É um voo de dez horas, então como sabia que ela estava aqui? Você não teria como saber que o voo dela tinha sido cancelado.

— É claro que eu sabia. Eu consultei a previsão do tempo prolongada. Não havia chance de não ter uma tempestade. — Dominic pareceu convincente. — Ciência é sempre melhor do que magia. Consegui até um desconto no voo de última hora.

Tia Pearl bufou. — Mentiroso. Ninguém ganha um desconto em um voo de última hora no Natal.

— A previsão da tempestade só chegou algumas horas antes da partida de Merlinda — acrescentou Mamãe. — Como você saberia que ela estava presa aqui? Só há um voo diário para Vanuatu e é no mesmo avião em que teoricamente você veio.

Tia Amber acenou com a cabeça. — Algo na sua história não bate, Dominic. Você deveria ter chegado antes. — Ela murmurou alguma coisa.

A raiva de Dominic desapareceu de repente. Seu rosto ficou sem expressão e as pálpebras fecharam. Ele balançou desequilibradamente sobre os pés. Em seguida, encostou-se contra a parede para se apoiar momentaneamente antes de escorregar e cair sentado no chão.

Tia Amber sorriu. — Um já foi.

Brayden pulou do sofá e correu na direção de Dominic. — Dominic? Qual é o problema?

Nenhuma resposta.

— O que está acontecendo? — Gail seguiu Brayden e inclinou-se sobre Dominic. — Você também está passando mal?

Dominic acenou uma vez antes de sua cabeça cair no peito.

Tia Amber repetiu o feitiço e, em segundos, Gail e Brayden estavam encantados junto com Dominic. Os três estavam encostados na parede com Gail entre os dois homens. Eles caíram uns sobre os outros em uma pilha.

— Mas o qu... — Tyler girou.

— Você é tão má quanto Tia Pearl. — Olhei para os três convidados inconscientes.

— Você pode me agradecer depois — disse Tia Amber. — Eles

estavam nos distraindo muito. Precisamos nos concentrar no problema real: o chá de Pearl.

— Pare com isso, Amber! — Tia Pearl bateu o pé. — Não pagarei por um crime que não cometi!

Tyler balançou a cabeça. — Ok, precisamos ter uma conversa séria. Você não pode só encantar as pessoas assim, Amber. Como saberemos o que é real e o que é sobrenatural?

— Foi exatamente por isso que os congelei — respondeu Tia Amber. — Para remover as variáveis para que possamos entender o caso.

Tyler balançou a cabeça. — Deixe que eu me preocupe em resolver o caso. Enquanto isso, você precisa parar de interferir.

— O problema é tanto meu quanto seu, Tyler. Não podemos expor todos os nossos segredos de bruxaria ou arriscar que a unidade de Shady Creek fique doida só porque encontraram coisas que não conseguem explicar. Temos que eliminar a magia da equação.

— Eu cuidarei disso tudo — disse Tyler. — Mas, por enquanto, não toque em nada. E acorde-os agora mesmo.

Estremeci com o pensamento de Brayden descobrindo que fora nocauteado pelo feitiço de Tia Amber. Ele ficaria furioso. E com certeza acharia uma forma de culpar Tyler por isso também.

— Você sabe que os talentos sobrenaturais de Merlinda podem ter sido a razão para ela ser um alvo — disse Tia Pearl. — Um desses forasteiros provavelmente é o assassino de Merlinda, não uma de nós. Ou você toma uma ação ou eu tomarei, delegado. Antes que mais alguém morra.

Tia Pearl não parecia mais afetada pelo chá. Seu tom de pele azulado sumira e ela estava estável.

— Relaxe, Pearl — disse Mamãe. — Isso também serve para você, Amber. Deixe o delegado fazer o trabalho dele.

Dominic, Gail e Brayden roncaram pacificamente, uma cacofonia de roncos e assobios.

Todos nós nos esquecêramos de Earl. Ele estava na porta com uma expressão confusa no rosto. Ele trocara a fantasia de Papai Noel por uma camisa de flanela e um macacão. — Pearl, o que diabos está acontecendo? Você prometeu que não haveria nada disso hoje.

Earl estava falando dos encantamentos de Tia Pearl.

— Não... Eu disse que não faria nada com você. — Ela notou nossos olhares confusos. — Cuidem dos problemas de vocês!

— Você transformou isso em problema nosso, Tia Pearl. — Balancei a cabeça com desgosto. Os problemas de Tia Pearl eram exatamente o motivo de estarmos nessa confusão, para começo de conversa. Todos sabiam que Merlinda provavelmente ainda estaria conosco se não fosse pela comemoração esquisita de Natal de Tia Pearl.

CAPÍTULO 19

Merlinda parecia quase esquecida. Tyler e Tia Amber discutiam sobre as melhores técnicas de investigação enquanto os três convidados roncavam no chão da sala de estar.

Tyler abordou Tia Amber com um pouco de psicologia reversa. — Você tem razão, Amber. Temos que incapacitar os suspeitos enquanto resolvemos o caso.

Tia Amber sorriu. — Vamos fazer isso, então.

— Espere um minuto, delegado. — disse Tia Pearl. — Você não pode segurar Dominic nem nenhum de nós contra nossa vontade. Que tipo de homem da lei é você? Não fomos acusados de nada. Você mal nos interrogou.

— A polícia de Shady Creek fará isso — disse Tyler. — Tenho que me recusar porque estava aqui quando Merlinda morreu. Também faço parte do caso.

— E provavelmente é culpado — disse Tia Pearl baixinho.

Tia Amber revirou os olhos. — Acho que já sabemos quem fez isso com Merlinda, Pearl. Acidentes acontecem e quanto mais cedo você admitir...

— Pare de me acusar, Amber! Eu bebi o chá e não há nada de errado comigo. — Tia Pearl se virou para Tyler. — E quanto a você, delegado, mesmo se quisesse nos levar para a cidade e prender-nos, não poderia. A cadeia de Westwick Corners é pequena demais para ter mais de duas pessoas. Você não pensou nisso, não é, fedelho?

Tyler ignorou o tom desrespeitoso de Tia Pearl e apontou para os montes que roncavam contra a parede. — Eles não vão a lugar algum no momento. Amber, quanto tempo...

— Eles permanecerão dormindo o quanto você quiser — respondeu Tia Amber. — Só os farei acordar quando você disser.

— O que está acontecendo?? — Earl franziu a testa. — Eles também beberam o chá de Pearl?

Tia Pearl bateu o pé. — Quantos milhões de vezes terei que falar para vocês? Não foi o meu chá. Eu não tenho ideia de onde aquela receita veio nem como acabou no meu bolso. O mesmo serve para a cópia que Amber encontrou na bancada da cozinha. Alguém está tentando armar para mim. Eu não fiz besteira com os ingredientes, não importa o que Amber diga.

— A receita está escrita com a sua letra, Pearl. Eu a reconheceria em qualquer lugar. — Tia Amber balançou o papel na frente do nariz de Pearl. — Admita. Você errou.

— Isso é falso, Amber. Como você ousa me acusar d...

— Ah, parem de brigar, vocês duas! — Mamãe se enfiou entre as irmãs, separando-as com as mãos. — Estou feliz porque não havia nada de errado com o chá de Pearl. Isto torna ainda mais importante descobrir o que aconteceu com a pobre Merlinda e não vamos chegar a lugar nenhum brigando desse jeito.

Tia Amber e Tia Pearl deram alguns passos atrás e olharam para Mamãe em choque.

Fiquei orgulhosa de vez Mamãe se impondo para as irmãs teimosas.

Um ressonar alto quebrou o silêncio.

Era mais um ronco, na verdade.

Dominic abriu um olho momentaneamente antes de voltar a dormir.

Tia Amber riu de outro ronco alto. Desta vez, veio de Brayden.

Bocejei, sentindo-me com sono de repente. Pela primeira vez, notei que estávamos todos letárgicos, com as pálpebras fechando e lutando para permanecer acordados. Meus pensamentos viajaram em um momento em que eu deveria estar alerta. Será que eu fora enfeitiçada também?

Cocei a cabeça e virei-me para Tia Pearl. — Realmente temos que resolver isso antes que eles acordem.

— Então fale com o seu namorado delegado bem ali. Por que temos que fazer o trabalho dele? — perguntou Tia Pearl.

Olhei para Tyler. Ele agachou na entrada e colocou algo dentro de uma sacola plástica usando uma luva.

Virei-me de volta para Tia Pearl. — Não vamos fazer o trabalho dele. Estamos só ajudando-o a eliminar provas inúteis. Se pudermos fazer pelo menos isso, ele terá provas de que não estamos envolvidos para a polícia de Shady Creek. Vamos encontrar provas para eliminar uns aos outros em vez de apontar os dedos uns para os outros.

— Cen tem razão. — Tia Amber acenou com a cabeça.

Todos observamos os corpos que roncavam à nossa frente.

— Um deles deve ser o assassino — disse Mamãe.

— Bobagem. — Tia Pearl suspirou. — Eu queria que fosse, já que detesto todos. Mas a notícia ruim é que foi o seu bolo de Natal, Ruby.

— Ah... então agora foi o meu bolo? — Mamãe colocou a mão no peito. — Como poderia ser? Vocês todos comeram.

Tia Pearl balançou a cabeça. — Não, Ruby. Nós só fingimos que comemos. Como fazemos em todos os Natais pelos últimos vinte anos.

— Como assim? Vocês não gosta do meu bolo? Não pode ser... Vocês sempre comem tanto que tenho que fazer mais. — Mamãe se virou para mim. — Cen, você ama meu bolo de Natal.

— Ah, então... Estou em uma dieta *lowcarb*, então...

Vimos quando ela entendeu. — Vocês não comeram hoje, comeram?

Eu desviei o olhar com vergonha.

Mamãe se virou para Amber. — Suponho que você também esteja na conspiração do bolo, né?

Tia Amber deu de ombros com as mãos para cima em rendição. — Tenho que cuidar do peso, Ruby. Um grama sequer...

— Desculpe, Mamãe. Sabíamos que tinha tido trabalho e não queríamos chateá-la. — Senti uma pontada de culpa. O segredo fora revelado e Mamãe ficara chateada, tudo porque nenhuma de nós tivera coragem de revelar a verdade sobre o bolo por vários anos. Eu não podia mais mentir.

— Fale por si mesma, senhorita. — Tia Pearl andou em direção à entrada. — Vou resolver isso de uma vez por todas.

— Espere.... você não pode ir embora! — Tyler bloqueou a porta. — Ninguém pode sair.

— Delegado ou não, você não pode me manter aqui contra minha vontade. — Tia Pearl fechou a cara. — Talvez você possa manter Dominic aqui, mas não pode segurar uma bruxa. Vou acabar com todos os empecilhos, expor o assassino e seja o que Deus quiser. Alguém precisa tomar uma atitude. Obviamente, está além das suas capacidades.

Tyler revirou os olhos e sua boca se transformou em um sorrisinho.

O que deixou Tia Pearl enfurecida. — Tente me segurar.

Tyler não se mexeu.

Tia Pearl pareceu confusa. Os olhos delas alternaram entre Tyler e a porta da frente.

— Delegado... você vai me segurar ou não? — Ela cruzou os braços e bateu o pé.

Corri até a entrada, seguida de Mamãe e Tia Amber.

Fitei minha tia. — Sério, Tia Pearl, aonde você vai com esta tempestade?

Tia Pearl andou de costas até encostar na porta. Ela ficou como um animal encurralado, sem poderes.

— Não interessa — retrucou Tia Pearl. Seu corpo traiu as palavras que saíram de sua boca. Pela primeira vez, ela parecia indecisa.

E assustada.

CAPÍTULO 20

Tudo aconteceu muito depressa.

Tia Pearl olhou para nós em uma postura de combate com as costas contra a porta.

— Tia Pearl! Abaixe a arma! — Meus braços subiram instintivamente. Ela não atiraria para matar, mas eu não duvidava de que ela pudesse atirar no meu pé ou no meu braço se não cooperasse. Ela racionalizaria e repararia o dano com bruxaria.

Eu não podia correr esse risco.

— Ei, esta é a arma de Tyler! Mas o que... — Tia Amber levantou as mãos quando se deu conta. — Pearl, o que você está fazendo?!

Meu coração acelerou. Observei a entrada à procura de Tyler, mas não havia sinal dele. Ele estivera ao lado de Tia Pearl alguns momentos antes. Não importava a arma. O que ela tinha feito com ele?

— Temos um assassino na casa e o delegado Gates a deixou por aí — disse Tia Pearl. — Alguém tinha que tomar o controle da situação. — Ela inclinou a cabeça em direção ao chão. O coldre vazio de Tyler estava no chão onde ele estivera momentos antes.

Mantive a voz calma. — E esse alguém é você?

Tyler estivera com o coldre na cintura, com a arma. Eu tinha certeza. Ele era muito cuidadoso com armas de fogo. Se a tirasse, por um segundo que fosse, ele a travava. Se ele não estava com ela, isso só significava uma coisa.

Tia Pearl a pegara usando magia.

E Tyler estava com problemas.

Meu coração veio no pescoço. Onde *exatamente* estava Tyler?

Tia Pearl estava perdendo o juízo e eu precisava detê-la antes que fosse tarde demais. Perder o controle só pioraria a situação. Em vez disso, eu precisava de uma estratégia para desarmá-la.

Meus olhos encontraram os de Tia Amber. Ela estava pensando o mesmo. Ela andou para trás lentamente para não atrair a atenção de Tia Pearl e entrou na sala de estar.

— Abaixe a arma, Pearl — Mamãe estava atrás de mim.

Eu não poderia convencer Tia Pearl a abaixar a arma, mas talvez Mamãe pudesse. Mamãe raramente confrontava a irmã, mas a situação atual demandava uma ação. Só esperei que as coisas não piorassem rapidamente. Rivalidade entre irmãs era uma coisa. Rivalidade entre irmãs com poderes era outra bem diferente.

Franzi a testa. — Tyler normalmente não tira o coldre, só quando nós... — Minha voz sumiu quando senti olhos em mim.

— Só quando vocês o quê? — Os cantos da boca de Tia Pearl subiram em um sorrisinho. Ela segurou a arma firmemente. — Quer nos contar algo?

— Não. — Mantive a voz calma e estável. — Esqueça. Só abaixe essa coisa.

Tia Pearl abaixou a arma assim que Tia Amber voltou, seguida de Tyler. Ele parecia cansado e desgrenhado, mas não estava machucado. Tia Pearl obviamente o incapacitara com bruxaria para roubar sua arma.

— Ei, esta é a minha arma. — Tyler correu em direção a Tia Pearl, desarmando-a em segundos. Ele recolocou a arma no coldre, prendendo-o na cintura. Depois, apontou para minhas duas tias. — Vocês duas, sentem na sala de estar. Amber, garanta que ela não saia de lá.

Tia Amber deu um tapinha no ombro de Tia Pearl, conduzindo-a em direção à porta.

— Prepare-se para um processo, delegado. Isto é assédio. — Tia Pearl parou na porta e xingou baixinho.

Tyler a ignorou.

— Vamos, Pearl. — Tia Amber puxou Tia Pearl para a sala de estar.

Tia Pearl deu um passo em direção à sala. — Você não manda em mim, delegado. Vou aonde bem entender.

— Não, não vai. — Tia Amber guiou Tia Pearl até o sofá, segurando-a com força. As duas sentaram.

Eu estava aliviada por Tyler estar bem, mas com medo por Tia Pearl ter tomado uma medida extrema ao encantar Tyler quando já tínhamos um assassino entre nós. Bruxaria e armas eram uma combinação mortal. Tia Pearl sabia muito bem que passara dos limites. O que diabos havia de errado com ela?

— Ela não vai a lugar nenhum — gritou Tia Amber para Tyler, que estava na entrada. Ela se virou para Tia Pearl. — O delegado não a prendeu, mas isso não significa que eu não possa. Você está em prisão domiciliar pela WICCA, Pearl.

— Você está prendendo a própria irmã? — Vovó Vi flutuou acima do aparador da sala de jantar. Ela olhou para as filhas com desdém. — Amber, sério... isso é abuso de poder. Será que vocês nunca vão conseguir se dar bem?

Sorri, apesar da gravidade da situação. Minhas tias idosas eram para sempre meninas aos olhos de Vovó Vi.

Nossa discussão acordara Brayden, mas não Dominic nem Gail, que continuavam roncando pacificante.

Brayden esfregou as têmporas e franziu a testa. Ele ouvira por alto alguns pedaços da conversa. — Tyler deu a arma dele a você?

Tia Pearl balançou a cabeça. — Ele não me deu a arma. Eu a roubei.

— Tyler! Venha aqui! — gritou Brayden.

Tyler apareceu na porta. — Oi.

Brayden se virou para ele. — O que Pearl disse é verdade? Você foi enganado por uma velhinha?

Tia Pearl fitou Brayden. — Eu não sou velha.

Tyler começou a falar, mas foi interrompido por Tia Amber.

— Deixe Tyler fora disso — disse Tia Amber. — Você sabe do que Pearl é capaz, Brayden. Além disso, o roubo de uma arma não foi a pior coisa que aconteceu aqui nem de longe.

— Você está falando de Merlinda? O delegado deveria ter evitado isso também. Merlinda foi assassinada embaixo do nariz dele. — Brayden balançou a cabeça com desgosto.

— Você também estava aqui. Todos nós estávamos. — Omiti a parte em que Brayden estava inconsciente no momento. Como era um feitiço, ele ainda permanecia sem saber deste fato.

— Pode ser, mas eu não fiz nada para contribuir para a tragédia de hoje. — Brayden se preocupava consigo mesmo em primeiro lugar, depois com a queda política. Qualquer outra coisa ou pessoa ficava em um terceiro lugar bem distante. Até onde ele sabia, a morte trágica de Merlinda não era problema dele. A morte o curara rapidamente de seu fascínio por ela.

— Eu discordo muito. Nada disso teria acontecido sem você, Brayden — disse Tia Pearl. — Você provocou Dominic e ele matou Merlinda por ciúmes.

— Que mentira. Eu mal olhei para Merlinda. — Os olhos de Brayden tremeram, um sinal claro de que estava mentindo.

Olhei para onde Gail e Dominic estavam desmaiados contra a parede, aconchegados estranhamento um no outro.

E não havia nenhum sinal de Earl. Ele devia ter fugido quando Tia Pearl pegou a arma de Tyler.

— Pare de mudar de assunto, Pearl — disse Tyler. — E deixe as mãos longe da minha arma. Já tivemos dramas demais por uma noite.

— Bom, na próxima vez, não deixe sua arma por aí, delegado — retrucou Tia Pearl. — A culpa não é minha se você não cuida das suas coisas.

— Mas eu não... Ah, esqueça. — Tyler se virou. — Tenho coisas mais importantes para fazer do que discutir com você, Pearl. Eu sei que nunca tirei o coldre nem a arma.

Mamãe franziu a testa. — Continue mexendo com Tyler e você se verá comigo, Pearl. Entendeu?

— Entendi — suspirou Tia Pearl derrotada. Ela fora derrotada pelas irmãs.

Vovó Vi flutuou alguns centímetros acima da cabeça de Tyler. Ela piscou para mim e suspirou. — Ahh... mágico.

Eu a ignorei. — Vamos falar sobre Merlinda. Estávamos todos aqui na mesa e comemos praticamente as mesmas coisas. Ninguém saiu da mesa, exceto Merlinda. Como ela pode ter sido envenenada? Com algo que age lentamente? Se sim, ela pode ter ingerido o veneno horas antes.

Mamãe e eu trocamos olhares nervosos. Eu sabia que, apesar da explicação de Earl, ela ainda estava um pouco preocupada com a farinha que usara para o bolo de Natal. Mamãe também não tinha absolutamente nada a ganhar com a morte de Merlinda. E tudo a perder, com a morte de um hóspede na pousada. Ela seria rapidamente eliminada como suspeita.

Por outro lado, todos sabiam que Mamãe era excelente com poções herbais e algumas eram venenosas. Ela também era a cozinheira da pousada e preparara todas as refeições de Merlinda. Ela tivera os meios e a oportunidade de envenenar Merlinda, mas não tinha um motivo real. Mesmo assim, a polícia teria que investigá-la com a falta de outras pistas. Precisávamos explorar todas as pistas para poder eliminá-la.

Lembrei-me do pó verde que Dominic dera a Merlinda. Ele poderia ter adicionado algo ao suplemento alimentar. Talvez tivesse um ingrediente oculto, assim como o bolo de Natal de Mamãe.

Mas talvez o pó de Dominic não estivesse adulterado com algo inofensivo como manteiga de amendoim. Como marido de Merlinda, ele com certeza tinha um motivo.

Virei-me para Tyler. — E o quarto de Merlinda? Será que tem algo lá que poderia ter feito mal a Merlinda?

— Vamos lá. — Ele subiu as escadas comigo e Mamãe logo atrás.

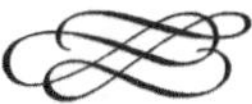

CAPÍTULO 21

*D*ez minutos depois, Tyler, Mamãe e eu paramos na porta do quarto de Merlinda. Nós o inspecionamos, tomando cuidado para não tocar em nada. A suíte dela estava impecável e sem muitos itens pessoais. O único sinal de que Merlinda estivera lá era sua bolsa, que estava sobre a cama bem feita. Além de algumas coisas no banheiro e algumas roupas nos cabides, havia poucas provas de que o quarto fora ocupado, que diria sinais da estadia de três meses de Merlinda.

Tyler e eu tínhamos que pelo menos sondar as pistas sobrenaturais para que a polícia de Shady Creek não começasse a investigação com algo desnecessário. Não estava exatamente dentro das regras, mas era necessário quando havia quatro bruxas e um fantasma na história.

— É um pouco estranho que Merlinda não tinha nenhuma foto nem lembrança de Dominic. — Tyler vasculhou a bolsa de Merlinda. Ele tirou o telefone dela e estudou a tela. Ele o levantou para que pudéssemos vê-lo. — A foto da tela é de outro homem. Não é Dominic, seu novo marido. A maioria das pessoas tem um lembrete de quem ama quando está longe de casa.

— Talvez ela tenha escondido as fotos no computador porque não queria perguntas. — Eu entenderia se Merlinda tivesse escondido as fotos do casamento secreto, mas não havia nenhuma foto sequer de Dominic no quarto. Mas ela também havia guardado o segredo de nós.

Tyler jogou o conteúdo da bolsa de Merlinda sobre a cama. Ele examinou a carteira dela usando uma luva. Não havia nada além de um batom, uma pequena quantia de dinheiro e um passaporte de Vanuatu. — Nem mesmo uma foto do casamento na carteira. Se essa parte for mesmo verdade.

— Talvez o relacionamento deles não fosse tão sério como Dominic disse. Merlinda pode ter só seguido a história do casamento. — Lembrei-me do comportamento estranho de Merlinda. — Será que o casamento é uma fachada?

Merlinda não parecia exatamente apaixonada por Dominic. Na verdade, ela parecera em choque com a chegada dele. Se era um casamento por conveniência, só Dominic poderia nos dizer. Só que ele não estava falando.

Vasculhamos o resto do quarto. Na verdade, Tyler fez isso enquanto eu o gravava com meu celular. Ele não achara nada além de uma xícara vazia com algumas folhas de chá. Era provavelmente o chá de Tia Pearl que ela bebera mais cedo naquele dia. Tyler colocou a xícara em uma sacola plástica.

Eu não conseguia entender o fato de que alguém quisera matar Merlinda. Principalmente Tia Pearl. Sua melhor aluna era uma propaganda ambulante da Escola de Encantamento de Pearl. Na verdade, o pouco tempo que Merlinda ficara em Westwick Corners fora praticamente todo na Escola de Encantamento de Pearl e ela era reservada na maior parte do tempo. Ela não tivera amigos locais até aquela noite, mal falara com alguém. Ela nem conhecera Brayden antes de hoje. Eu continuava desconfiada de Dominic. Ele tinha que estar envolvido de alguma forma.

— Qual é o veneno mais lento que tem? — perguntei.

Tyler deu de ombros. — Não sei. Mas sei que normalmente algo letal tem uma reação rápida, dentro de minutos. Algo que age lentamente teria produzidos sintomas por um período maior. Não resultaria na reação repentina que Merlinda teve.

— É verdade — disse Mamãe. — Tinturas herbais funcionam exatamente da mesma forma.

— Merlinda estava ótima até a hora do jantar — comentei. — Nenhum sintoma nem reclamação.

Algo mais me incomodava. Merlinda fora uma adição de última hora à nossa comemoração de Natal, já que tinha um voo para casa. Ela só estava aqui porque seus planos do feriado falharam. Se era um crime de oportunidade, quem teria algo a ganhar?

Nenhum de nós, exceto possivelmente Dominic. Como seu marido, ele ganharia sua herança. A família de Merlinda era fabulosamente rica.

Ao pensar bem, Westwick Corners era o lugar perfeito para sumir com Merlinda. Poucos sabiam que ela estava aqui e os que sabiam provavelmente pensariam que ela fora para casa no feriado. Só as pessoas na casa sabiam que ela tinha perdido o voo.

Fomos para o corredor. Ao fechar a porta do quarto de Merlinda atrás de mim, ela bateu com muito mais força do que eu tinha usado. No mesmo instante, uma lufada de vento veio em nossa direção. Corri para a escada com Tyler e Mamãe logo atrás de mim.

Tyler e eu trocamos olhares quando olhamos para a escada e para a porta da entrada. A porta estava completamente aberta e batia contra a parede com cada corrente de vento que entrava. O vento rodopiou e espalhou os papéis da mesa da entrada na varanda vazia.

Outra tempestade se aproximava e eu me senti impotente para impedi-la.

$\mathcal{P}$arei na varanda com Mamãe e Tyler. A neve não caía mais, mas ainda estava muito frio e ventando.

— Ei, veja isto. — Apontei para as pegadas que começavam na varanda e levavam até a escada. Eram pegadas femininas. Como Mamãe estava atrás de mim, tinham que ser de Gail ou de uma de minhas tias.

O Cadillac Escalade de Dominic também sumira.

Tia Pearl.

Corri para a sala de estar e encontrei Tia Amber lutando para se libertar. Ela estava amarrada em uma cadeira com uma corda de luzes de Natal.

Earl entrou, vindo da sala de jantar, na mesma hora. — Mas o qu...

Meu coração afundou no peito quando observei a sala. Gail agora estava acordada e sentada na poltrona. Mas Dominic sumira.

Gail, diferentemente de Tia Amber, não estava amarrada. Ela jogava no celular, tão concentrada que nem olhou para cima. Ou talvez estivesse ignorando-nos de propósito.

— O que aconteceu? — Rapidamente soltei as mãos e os pés de Tia Amber enquanto Tyler, Earl e Mamãe vasculhavam a casa atrás de algum sinal de Tia Pearl e Dominic.

— Pearl me amarrou e fugiu. — Tia Amber olhou para Gail enquanto se levantava. — Obrigada por nada, Gail.

Gail deu de ombros. — Por que eu a ajudaria? Você me apagou. — Ela voltou para a tela do celular.

— Aonde foi Dominic? — perguntei.

Tia Amber estremeceu. — Não sei. Ele deve estar com Pearl. Ela me apagou antes de me amarrar, então não vi o que aconteceu. Quando vi, ele também tinha sumido.

Meu queixo caiu. — Ela o sequestrou?

— Ou isso ou ele a sequestrou. Ou talvez eles estejam se ajudando. — Tia Amber suspirou. — Eu não sei mais. Pearl está muito estranha.

Também achei estranho que Tia Pearl tivesse usado uma corda de luzes de Natal em vez de bruxaria para prender Tia Amber. Por outro lado, provavelmente era mais eficaz amarrar Tia Amber do que confiar em um feitiço que ela poderia desfazer. Mas Tia Pearl sempre dizia que era melhor do que os outros, incluindo Tia Amber. Seu uso de algo físico não pareceu algo que ela faria.

Tia Amber me seguiu quando voltei para a varanda.

— Pearl sabe que foi o chá dela — disse ela. — Você também a viu passar mal. Ela é cem por cento culpada.

— Foi um erro inocente. — Eu não acreditava que Tia Pearl tivesse planejado matar Merlinda de propósito, por acidente nem de qualquer forma. Lembrei-me do chá de ervas dela. Ela escondera a maioria dos sintomas, mas o chá também a deixara mal. — Se foi um erro, por que ela não admite?

— Ela nunca admitirá, Cen — suspirou Tia Amber. — Ela prefere ser uma fugitiva.

Mamãe confirmou nossos piores medos quando voltou sem fôlego da varanda. — Ela sumiu. Olhamos em tudo. Temos que encontrá-la.

Tia Pearl era uma desertora. Ela entravara a investigação, apontara uma arma para nós e agora era uma fugitiva.

Era uma atitude idiota. Sua negligência não atrairia novos alunos quando o segredo se espalhasse. O que agora era certo, já que ela era uma pessoa desaparecida.

Em vez disso, seu comportamento incriminador implicava que ela tinha envenenado a própria aluna de propósito.

Brayden se juntou a nós. — Olhei o porão, mas não há sinal de Pearl. Ela pode estar em qualquer lugar. Fugir a faz parecer culpada.

Brayden tinha razão sobre isso, mas eu estava mais preocupada com a sobrevivência de Tia Pearl. Ela ainda estava fraca do chá envenenado e, como era muito magra, não sobreviveria na temperatura gélida do lado de fora.

O que realmente me incomodava era como Tia Pearl amarrara Tia Amber. Isso era um sinal de que suas habilidades sobrenaturais tinham diminuído por causa dos efeitos do chá? Se ela decidira usar algo normal para amarrar Tia Amber, seus encantos estavam comprometidos ou possivelmente nem funcionavam mais. Ou pior, talvez o veneno tivesse deixado seus poderes fora de controle com resultados graves, não intencionais e até mesmo mortais.

Virei-me para Mamãe. — Não acho que Tia Pearl esteja muito bem, se entende o que quero dizer.

Mamãe foi franca. — Infelizmente, sei. Pearl não está sendo racional. Quem bebe do próprio veneno só para querer ter razão?

Tia Amber suspirou. — Pearl é assim, eu acho. Ela sempre tem que ter razão, não importam as consequências. Mesmo se isso significar arruiná-la. — Ela estremeceu e puxou o xale, apertando-o sobre os ombros.

Tyler e Earl apareceram na varanda. Tyler falava ao telefone, fornecendo detalhes sobre a fuga de Tia Pearl para a polícia de Shady Creek. Ele colocou o telefone de volta no bolso. — Alertei a polícia de Shady Creek, mas duvido que faça alguma diferença. As estradas ainda estão fechadas, portanto, ela não tem como dirigir para lugar algum.

Earl balançou a cabeça lentamente. — Duvido que ela tenha pegado o Escalade. Você sabe que Pearl odeia dirigir.

Eu fui obrigada a concordar com Earl. Além das estradas bloqueadas, dirigir não era o modo de transporte preferido de Tia Pearl. Era exatamente o que me preocupava. Teletransportar-se prejudicada pelo chá poderia ter resultados inesperados. A ideia era preocupante, para dizer o mínimo. Tia Pearl poderia estar em qualquer lugar.

O olhar de Tyler encontrou o meu. Seu rosto estava cheio de preocupação. Suas habilidades de delegado podiam ser boas como fossem, mas não adiantariam nada com uma bruxa em fuga.

— Nós daremos um jeito de encontrá-la — disse eu para confortá-lo. Como bruxa, Tia Pearl tinha muitas opções de aonde ir. Isso significava que ela não congelaria até a morte, mas poderia se meter em uma grande encrenca.

— Fugir realmente complica as coisas — disse Mamãe. — Nunca achei que Pearl seria uma fugitiva da justiça.

— Nem eu — concordou Tia Amber. — O que podemos fazer?

Tyler deu um tapinha no ombro de Mamãe para tranquilizá-la, mas sua expressão permaneceu em dúvida. — Eu duvido de que Pearl tenha planejado algo, ela provavelmente não vai longe. A polícia de Shady Creek já passou a informação para todos os pontos.

— Ela pode ter um cúmplice em algum lugar. — A tentativa de Brayden de ser útil falhou. Ele estava tentando ajudar da própria forma esquisita, mas a sugestão só nos perturbara. Ele já estava convencido de que ela era culpada.

A expressão de Earl ficou triste quando ele se deu conta de que Pearl também o deixara para trás. — Eu que devia ser o parceiro de crime dela, mas nada saiu como o planejado.

— Oi? — Tyler franziu a testa. — Como assim, parceiro de crime?

— Você acha que eu queria usar aquela fantasia idiota de Papai Noel? — Ele balançou a cabeça. — Claro que não. Pearl me fez usá-la. Ela me disse que seria uma festa à fantasia. Só que só eu estava usando uma. Ela me enganou.

Mamãe concordou com a cabeça. — Ela é boa em convencer as pessoas a fazer algo que nunca fariam. Mas, tenho que dizer, Earl, você ficou bem.

Earl suspirou. — Foi algo que eu disse? Uma hora ela, estava lá. Logo em seguida... ela tinha sumido.

Mamãe deu um tapinha no braço dele. — Não é você, Earl. Ela faz esse tipo de coisa o tempo todo. Você vai se acostumar.

Apesar de Earl ter trabalhado nas redondezas de Westwick Corners durante toda a vida, apenas recentemente ele fizera amizade com Tia Pearl. A amizade logo ficara romântica. Eles faziam um casal estranho. Tia Pearl era geniosa e dramática, enquanto que Earl era calmo, romântico e tranquilo. Talvez os opostos realmente se atraíssem.

— Ela já foi mesmo. — Brayden apontou para as pegadas pequenas na neve que acabavam do outro lado da área de acesso.

As marcas não acabavam onde o Escalade de Dominic estivera estacionado. Elas continuavam até o outro lado da área de acesso. Talvez as pegadas e o SUV que sumira fossem só uma cena, uma diversão tática. Mas, como o chá envenenado provavelmente prejudicara seus poderes, não tínhamos como ter certeza.

Enquanto Tia Pearl estivesse em seu estado normal, ela poderia ir a qualquer lugar. Ela poderia se transportar por portais com um pouco de esforço e magia. Entretanto, duvidei de que ela fosse longe. Na verdade, não me surpreenderia se ela estivesse observando-nos naquele momento.

Olhei para o jardim e o estacionamento para ver se havia algum sinal dela, mas não vi nada.

Gail, depois de terminar de jogar no celular, se juntou a nós na varanda. Ela colocou o braço em volta da cintura de Brayden e puxou-o alguns metros, onde ficaram a uma distância segura de Tia Amber.

— Pearl sabe que todos cometem erros — disse Mamãe. — Ela só se incrimina ao fugir. Eu gostaria de poder colocar algum juízo na cabeça dela. — Ela falou mais alto do que o normal. Como eu, ela provavelmente suspeitava de que Tia Pearl estivesse escondida em algum lugar próximo.

Brayden riu com deboche. Ele apontou o polegar na direção de Tyler. — Tarde demais para isso. Como ele pode tê-la deixado fugir assim?

— Você também poderia tê-la detido — destaquei. — Você viu quando ela saiu.

Brayden deu de ombros. — Não é meu trabalho. Eu não sou o delegado.

— Ah, pelo amor de Deus, Brayden. Responsabilize-se por alguma coisa na vida — disse Tia Amber. — Estamos nisso juntos.

— Não, não estamos. E pare de me criticar, Amber. Eu queria que Gail e eu nunca tivéssemos vindo para cá. Você e sua família louca... — Brayden jogou as mãos para o alto antes de pressionar a palma firmemente nas costas de Gail. Ele a conduziu em direção à porta. — Vamos, Gail. Vamos entrar.

A indiferença de Brayden foi a gota d'água. Seu egoísmo estava a todo vapor, mesmo após a morte de Merlinda. Ele não parecia se importar que Pearl estivesse desaparecida e possivelmente congelando. Ele não tinha compaixão por ninguém além de si mesmo. Ele repreendia Tyler, criticava Tia Pearl e não levantava um dedo para ajudar ninguém. E pensar que eu quase me casara com ele. Apesar de estar feliz por ter evitado isso, eu estava furiosa pela falta de consideração de Brayden.

Brayden parou na porta. Ele a soltou e fez um movimento para que entrasse primeiro.

Lutei para conter a raiva, mas estava tão enfurecida que, antes que notasse, estava sussurrando o feitiço de transporte baixinho. Eu só queria que Brayden e seu egocentrismo sumissem.

Sumissem para bem longe, tipo Vanuatu. Aquilo seria bom pra ele. Eu o imaginei frenético na praia, tentando entender o que estava acontecendo e gritando por ajuda.

Eu sabia o feitiço de cor. Eu o praticara por centenas de horas sem sucesso. Recitá-lo seria seguro já que eu não era capaz de lançar o feitiço. Eu geralmente o dizia como palavrão de bruxa. Canalizei minha raiva em uma encantação:

Suma, suma daqui
Não enrole, não demore
Vá para longe, muito longe
Em um lugar que só eu te encontre

Tia Amber engasgou. — Cendrine, o que diabos você está fazendo?

— Ei, mas que... — hesitou Gail antes de sua voz sumir. Seus lábios se mexiam, mas não saía som algum.

Eu falei no tempo errado, pois Brayden ainda estava tocando no braço de Gail quando o feitiço foi lançado. O casal se transformou em uma silhueta transparente diante de nós.

Em seguida.... *puf!*

Desapareceu.

Do nada.

— Ah, não! Nunca funcionou antes... — Fiquei paralisada olhando para o lugar vazio em que estavam Brayden e Gail momentos antes.

Eu praticara o feitiço centenas de vezes antes sem sucesso. Agora, sem nem tentar muito, funcionara perfeitamente. Não só funcionara, como eu transportara duas pessoas ao mesmo tempo. Eu estava impressionada.

Earl pulou para trás de forma surpreendentemente rápida para alguém com setenta anos. — Vocês viram isso? Brayden e Gail evaporaram! Para onde eles foram?!

— Cendrine, traga-os de volta! — mandou Mamãe, mas era tarde demais.

— E-eu não sei como! Nem sei o que fiz. Nunca funcionou antes, então devo ter feito algo diferente desta vez. Mas não sei o quê.

Eu ainda estava tão concentrada no feitiço, tão impressionada por ter realmente funcionado, que eu o repeti e tentei descobrir o que dera errado.

Puf! Puf!

O mesmo som de antes, mas nenhum sinal do casal.

Se eu não descobrisse o que tinha feito, como faria para trazê-los de volta?

CAPÍTULO 23

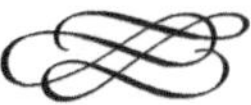

$\mathcal{E}$arl esfregou os olhos e balançou a cabeça. — O que havia na sua gemada, Amber? De repente, não me sinto muito bem. Você também viu, né? — Ele nos observou procurando uma resposta.

Permanecemos em silêncio. Que pena, nós não tínhamos uma resposta.

Earl suspirou. — Ótimo. Agora meus olhos estão me enganando.

Fiquei incomodada com fato de que tínhamos três suspeitas de envenenamento e cada uma apontava para um membro da minha família. Na verdade, eu era a única bruxa que não estava ligada a uma comida ou bebida suspeita.

O chá envenenado de Tia Pearl, a gemada adulterada de Tia Amber e o bolo acidentalmente envenenado de Mamãe criaram mais perguntas do que respostas. E as respostas começavam com Tia Pearl, que agora estava desaparecida. Fiquei com medo de aonde essas respostas podiam nos levar, mas tínhamos que saber a verdade.

Entramos e fomos para a sala de estar para que não congelássemos enquanto tentávamos descobrir como localizar Brayden e Gail.

Earl esfregou a testa. — Você não viu o que eu vi? Tive uma alucinação muito estranha. Brayden e Gail desapareceram. Bem assim mesmo, do nada. — Ele estalou os dedos. Era engraçado como pessoas comuns interpretavam bruxaria quando não havia outra explicação lógica.

— Que estranho. — A voz de Mamãe não tinha entonação alguma, mas os cantos de sua boca subiram em um sorriso involuntário.

Mamãe estava secretamente orgulhosa de mim, apesar de tentar não demonstrar. Eu tinha gostado também. Eu executara com sucesso um feitiço avançado sozinha, sem ajuda. Mas não era hora de me gabar. Eu precisava me concentrar em trazer Brayden e Gail de volta.

— Para onde eles foram? — Earl observou a sala de jantar. — Eu não imaginei aquilo, imaginei?

— Ahm, não. — Eu estava sem palavras, assim como aparentemente todo mundo.

— Merlinda morre, Pearl desaparece e agora Brayden e Gail somem. — A voz de Earl falhou. — Meu Deus, será que sou o próximo?

Mamãe balançou a cabeça. — Claro que não, Earl. Você ficará bem. Mas fique dentro de casa só para garantir, tudo bem?

Passei meu braço pelo braço de Earl, guiando-o para o sofá. — Mamãe tem razão, Earl. Por que você não relaxa um pouco?

Earl franziu a testa e sentiu. — Estou preocupado com Pearl, Cen. Você sabe que ela tem umas ideias bem malucas. E se ela tiver enlouquecido e feito algo perigoso? — A afeição dele pela geniosa Tia Pearl era muito fofa. Beirava a santidade.

— Tenho certeza de que ela aparecerá, Earl. Não se preocupe — disse Mamãe com a voz reconfortante. — Ela voltará antes que você perceba.

Earl limpou a testa com as costas da mão. — Chega de bebida este ano. Ela faz alguma coisa horrível com a minha cabeça.

Era claro que Earl pensaria que estava vendo coisas em vez de testemunhando magia. Mas ele questionaria aquela suposição se eu não trouxesse Brayden e Gail de volta logo. Era de se pensar que, entre Mamãe, Tia Amber e eu, já teríamos descoberto como desfazer o feitiço. Mas, aparentemente, três bruxas não eram melhores do que uma.

O que realmente precisávamos era um antídoto ou um feitiço de reversão. O problema era que o feitiço não poderia ser desfeito por outra bruxa. O mecanismo de autoproteção fora projetado para que uma bruxa não conseguisse interferir com o feitiço de outra, de propósito ou não.

Aquela bruxa era eu.

O único problema era que eu não fazia a menor ideia de como consertar as coisas. Apesar de ter praticado o feitiço muitas vezes, eu não o dominara. Nem de longe. Variações mínimas no feitiço original também significavam modificações à reversão. Tia Pearl ainda nem me mostrara o feitiço de reversão.

Tia Pearl.

Tínhamos que encontrá-la e depressa. E se ela de alguma forma tivesse sido pega pelo meu feitiço? Se ela estivesse por perto sem que eu a visse... Não, não tinha como. Outras pessoas estavam muito mais perto de Brayden e Gail e ainda estavam ali. Eu não fazia ideia nem de por onde começar a procurar.

Tia Amber andou de um lado para o outro na sala de estar. — Diga-me exatamente o que fez, Cen. Todos os detalhezinhos. Talvez assim eu consiga ajudá-la a reverter tudo. Duvido que eu consiga, mas vale a pena tentar.

A falta de confiança dela me deixou preocupada. Outra bruxa não poderia desfazer este feitiço em particular, portanto, ela teria que me ensinar a fazer isso. Como a lançadora do feitiço, só eu poderia trazê-los de volta. Para isso, eu tinha que dominar o feitiço de reversão, mas como poderia fazer isso a tempo? Eu tinha que aprender em minutos o que normalmente levava meses de prática.

— Não faço ideia do que aconteceu — disse eu. — Tudo que fiz foi recitar as palavras que Tia Pearl me ensinou. Eu nem estava tentando muito, então não esperei que funcionasse. — O motivo de o feitiço ter realmente funcionado desta vez poderia ser qualquer coisa. Um piscar de olhos, um movimento leve da mão ou até mesmo a pronúncia das palavras. Tudo de que me lembrava era de ter colocado a maior parte do peso no pé direito, mas não poderia ser isso. Eu estava perdida tentando descobrir o que fizera de diferente em relação às tentativas falhas anteriores.

Andei até a árvore de Natal e olhei para o globo de neve tropical de Merlinda. Observei seu interior atrás de alguma esperança. Brayden e Gail não estavam em lugar nenhum. Nem Tia Pearl. O paraíso tropical parecia o mesmo de antes: uma praia de areia branca com palmeiras na beira do oceano. Era preocupante porque a praia fora para onde achei que tinha mandado Brayden e, acidentalmente, Gail. Mas eles não estavam lá. Aonde eles tinham ido em vez disso?

— Você fez seu melhor, é isto que conta, querida. — Mamãe era encorajadora até nos piores momentos. — Tente visualizá-los quando desapareceram e concentre-se no rosto deles. Você consegue.

— Você realmente os fez desaparecer. — Earl sentou na ponta oposta do sofá com os braços cruzados. Pela primeira vez, notei que seu cabelo estava desgrenhado e ele parecia ter acabado de sobreviver ao perímetro da explosão de uma bomba. Ele estava completamente apavorado. — Toda essa loucura deve estar no sangue da família. Pearl já fez algumas coisas malucas, mas, olha, desta vez... parabéns.

— Não se preocupe, Earl — disse Tia Amber. — Cen sabe o que está fazendo.

Tia Amber se aproximou de mim e disse: — É melhor você saber o que está fazendo.

Na verdade, eu não sabia e sentia-me horrível por assustar Earl. Eu não tinha palavras para confortá-lo, mas, por ficar perto de Tia Pearl, ele deveria estar preparado para tudo. Concentrei-me de volta na emergência maior. — Eu realmente fiz besteira, não foi? Como vou encontrá-los?

— Só precisamos descobrir o que deu errado no seu feitiço, Cen — disse Mamãe. — Para onde queria mandá-los?

— Para o globo de Merlinda. Era para ser só temporariamente. — Quando olhei para o globo, senti uma força estranha repelindo-me. Parecia o oposto à força de uma ímã. Na verdade, era mais como o campo de força repulsiva de dois ímãs sendo empurrados um contra o outro. O globo tinha uma força de oposição. Sempre que eu me aproximava dele, a força estranha me empurrava para trás.

Eu finalmente notei que não havia nada de errado com meu feitiço. Ele funcionara perfeitamente, só para ser contrariado por uma força muito maior. A de Merlinda. Suspeitei que não tinha sido a primeira a falhar.

Tia Pearl não tivera a intenção de me mandar para o lado de fora em uma tempestade para congelar. Ela planejara algo completamente diferente, só que seu feitiço acertara uma força de oposição muito maior, assim como o meu.

Tia Pearl quisera me mandar para o globo de neve de Vanuatu de Merlinda quando algo ou alguém interferira. Era claro. Como uma bruxa profissional, Merlinda colocara um escudo de proteção em seu globo de neve tropical para evitar qualquer entrada não autorizada.

O escudo de proteção de Merlinda não evitava somente que alguém conseguisse acesso ao globo de neve de Vanuatu. Ele era tão forte que repelia quem se aproximasse dele. Eu não ficara tão perto do globo antes para notar.

O que Merlinda não tivera em anos de experiência com encantamentos fora mais do que compensado pela força pura de sua magia. Na verdade, sua bruxaria fora forte o suficiente não só para contrariar o feitiço de Tia Pearl como também para me mandar em uma direção totalmente diferente.

Eu acabara no lugar errado quando fora para o lado de fora no frio. O mesmo deveria ter acontecido com Brayden e Gail. Tia Pearl não se responsabilizara pelo erro porque estava muito envergonhada para dizer que o feitiço saíra diferente do esperado.

Só que o feitiço dela não estava errado. Ele fora contrariado pela magia de Merlinda.

Corri para a janela da sala de estar e olhei para a varanda e para a entrada para ver se havia algum sinal deles. Eles tinham que estar em algum lugar por perto.

Concentrei meu olhar na mesma direção geral de onde Tia Pearl me enviara mais cedo.

Um movimento chamou minha atenção, mas desapareceu rapidamente antes que eu pudesse ver melhor. Em seguida, nada. Meu coração acelerou. — Tem alguém escondido nos ornamentos do gramado.

— É melhor que seja Pearl. Vou verificar. — Earl pulou do sofá e correu para fora.

Ele voltou alguns minutos depois, segurando Tia Pearl, que tremia, pelo braço. — Veja só quem encontrei. Ela estava por perto mesmo, no final das contas.

— Eu falei para não contar para ninguém. — Tia Pearl balançou o braço para se soltar de Earl, mas pareceu secretamente feliz por ter sido resgatada por ele. Uma poça de água se formou embaixo da calça de veludo verde encharcada. — Como antes, você tinha que estragar tudo.

Mamãe deu um grito. — Pearl! Não fale com Earl assim. Ele acabou de salvar você de congelar na neve.

Earl fez um gesto de dispensa. — Pode me culpar o quanto quiser, Pearl. Foi você que me pediu para conseguir a fantasia de Papai Noel. Não é culpa minha.

— Espere... o que aconteceu antes? — Virei-me para Tia Pearl. — Quando o feitiço de Merlinda foi mais forte que o seu?

— Claro que não! — Tia Pearl se sentou na borda do sofá e inclinou-se para enrolar a barra da calça. — Não houve nada de errado com o meu feitiço. Earl não deveria estar perto do trenó. Foi por isso que deu tudo errado.

Virei-me para Earl, percebendo de repente. — Você era o Papai Noel perto do trenó lá fora!

Earl deu de ombros. — Eu só estava fazendo o que Pearl pediu. Eu queria adicionar alguns toques finais.

— Ontem, Earl. Você deveria ter finalizado os ornamentos do gramado ontem. — Tia Pearl sempre tinha que dar a última palavra.

Espectadores inocentes que estavam perto demais da ação alteraram nossos feitiços. No meu caso, o feitiço de trasporte de Tia Pearl deveria me mandar para o globo de neve tropical de Merlinda. Em vez disso, acabei do lado de fora na grama, onde Earl ainda estava trabalhando no trenó do Papai Noel. Meu palpite era de que Tia Pearl estivera pensando em Earl ao lançar o feitiço.

Mas e o meu caso? Eu não conseguia me lembrar de pensar em

nada além de querer banir Brayden para Vanuatu, e Gail simplesmente sofrera um dano colateral porque estava perto demais dele.

O globo de Merlinda tinha uma proteção de redirecionamento. Ele fora projetado para garantir que ninguém pudesse entrar no globo de neve tropical. Mas ele não só repelia intrusos. O feitiço dela tinha tanta força que poderia mandar intrusos para uma direção completamente diferente.

Se esse fora o caso, para onde Gail e Brayden tinham ido? Eles não estavam do lado de fora como Tia Pearl e eu.

Alguém estava mentindo e eu não tinha dúvidas de quem era. Mas aquela não era hora de discussões bobas. Tínhamos que achar Brayden e Gail antes que fosse tarde demais.

— ocê vai me prender, delegado? — Tia Pearl ficou de pé desafiadoramente na frente de Tyler com os braços cruzados.

— Não — respondeu Tyler, rindo. — Não precisa se preocupar. Você é terrível em escapar.

— Ajude-me a encontrar Brayden e Gail, Tia Pearl — implorei. — Diga-me o que fazer.

— Eu não sei, Cen. O que eu ganho? — Tia Pearl bateu o pé enquanto esperava uma resposta.

Não caí na armadilha.

Eu estava cansada de andar em círculos com Tia Pearl e nunca chegar em lugar algum. Com ou sem a ajuda dela, eu traria Brayden e Gail de volta. Corri para a mesa da entrada e fiz um movimento para Mamãe e Tia Amber me seguirem. Não havia tempo a perder.

— Pronta, Cen? — Tia Amber me entregou um pedaço de papel. — Eu escrevi para você. Você só precisa visualizá-los enquanto recita as palavras.

Fechei bem os olhos e recitei o feitiço de reversão, imaginando Brayden e Gail na porta de entrada, onde tinham estado antes. A concentração necessária se juntou aos efeitos da ressaca quase instantânea das bebidas de Natal, dando-me dor de cabeça. Se eu conseguisse fazer funcionar, prometi a mim mesma que nunca mais lançaria outro feitiço. Eles eram incrivelmente difíceis de desfazer e só traziam problemas. Eu simplesmente não fora feita para ser uma bruxa.

— Pode chamar os coxinhas, delegado — reclamou Tia Pearl. — Só fique feliz que decidi cooperar, então não será demitido.

Tyler se encolheu. Ele falou calmamente no telefone antes de colocá-lo de volta no bolso da camisa. Seus olhos varreram o gramado dianteiro enquanto ele apontava animado para um lugar perto das decorações de trenó do Papai Noel. — Ei, o que foi aquilo? Algo se moveu.

— São Brayden e Gail! — Mamãe bateu palmas. — Cen, você conseguiu! Você os trouxe de volta!

Segui o olhar de Tyler até a decoração de Natal. Era verdade mesmo, Brayden e Gail estavam lá. Eles estavam cercados por um globo gigante que também pegava o trenó. Eu não conseguia acreditar no tamanho do globo. Mas não havia tempo para me gabar.

Gail se encolhia perto do trenó enquanto Brayden batia no globo a alguns centímetros de distância.

— Bom, pelo menos eles voltaram. Ainda tenho que tirá-los do globo. — Suspirei.

Eles acenaram com os braços e bateram no vidro invisível enquanto falavam algo que não conseguíamos ouvir. Assim como eu, eles estavam presos dentro de um globo mágico que estava ao redor das decorações. Tão perto e, mesmo assim, tão longe.

Olhando pelo lado bom, pelo menos a volta do globo de neve significava que podíamos vê-los. E isso significava uma chance muito maior de libertá-los da prisão de vidro.

Percebi que Tia Pearl não ficara presa no meu globo de neve. Se tivesse, Earl não teria como tê-la resgatado. O globo que aprisionava Brayden e Gail estava intacto e um feitiço significava um globo.

Por que Tia Pearl fingira que tinha sido atingida pelo meu feitiço?

Eu não fazia ideia. O que eu sabia era que meu feitiço não salvara Tia Pearl. Além disso, meus poderes só tinham sido bons o suficiente para trazer o globo para nossas vistas. Eles não foram bons o suficiente para tirar Brayden e Gail de lá.

Eu me senti sem esperanças. Se eu não salvara Tia Pearl, como conseguiria salvar Brayden e Gail?

CAPÍTULO 25

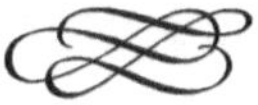

Estávamos na sala de estar perto da árvore de Natal. O globo de neve de Merlinda parecia nos provocar em seu lugar na árvore. Ele ainda emitia um brilho etéreo, mas a qualidade mágica tinha sumido. Agora só parecia fraco e triste.

O olhar de Mamãe encontrou o meu com compaixão. Tia Pearl e Tia Amber ignoraram o globo, parecendo não ligar para sua glória que sumia.

Resisti à tentação de me aproximar do globo. Eu não tinha nenhum desejo de ver o que acontecia em Vanuatu. Com a morte de Merlinda, não importava mais.

Perguntei da melhor forma que consegui. — Tia Pearl, por favor, me ajude a reverter o feitiço.

— Você nunca aprenderá se não se esforçar, Cen — disse ela. — Não espere que eu faça tudo para você.

Eu estava cansada do amor bruto de Tia Pearl. — Mas e Brayden e Gail? Não podemos deixá-los presos lá fora no globo. Eles congelarão.

Tia Amber balançou a cabeça. — Não, eles ficarão bem dentro do globo. Eles podem esperar mais alguns minutos. Pearl tem algo a dizer, não é, Pearl? — Ela olhou de forma esperançosa para a irmã.

— Não. — Tia Pearl cruzou os braços e olhou para o teto enquanto batia o pé. — Não sei do que está falando.

— Sim, você sabe, e contará a Tyler... digo, delegado Gates, tudo que estava fazendo com Merlinda. — Um soluço atrapalhou a expressão séria de Tia Amber. Era um efeito colateral da gemada. Ela voltara a bebê-la quando Brayden e Gail reapareceram.

Tia Pearl fez um movimento de zíper com a mão à frente da boca. — Minha boca é um caixão. Vou precisar de um advogado antes de me incriminar.

— A-há! Então você admite que havia algo de errado com seu chá! — Como um cachorro com um osso, Tia Amber nunca desistia.

— Não seja ridícula. — Tia Pearl parou por um momento. — Tudo bem, talvez eu o tenha adulterado, mas com nada mortal.

Engasguei. — Você envenenou Merlinda de propósito!

— Meu Deus, Cen. Você faz parecer tão sinistro. Tudo que fiz foi ajudar Merlinda a sair de uma roubada.

— Então conte-nos o que você fez — ordenou Tyler. — Se não fez nada de errado, não tem com o que se preocupar.

Tia Pearl balançou a cabeça. — De jeito nenhum. Eu não confio nada em você, delegado. Além disso, o que aconteceu entre Merlinda e eu não é da sua conta.

— Mas Merlinda morreu — disse eu. — Você nos deve uma explicação, Tia Pearl. Eu também preciso da sua ajuda para tirar Brayden e Gail do globo antes que nós os percamos. Antes que seja tarde demais.

— Prioridades. — Tia Amber se virou para Tyler. — Se Pearl não contar, eu conto. Ela me contou tudo.

Tia Pearl olhou para a irmã horrorizada. — Eu com certeza não vou ficar aqui enquanto você inventa histórias, Amber. Principalmente depois de você ter bebido.

— Nem pense em sair daqui, Pearl — disse Tyler. — Precisamos conversar.

— Faço o que eu quiser. Você não pode me manter aqui. — Tia Pearl se virou para sair.

— Talvez não, mas eu posso. — Mamãe estalou os dedos e murmurou algo.

Tia Pearl bocejou, cambaleou até o sofá e sentou. Alguns segundos depois, ela dormia profundamente.

Vovó Vi flutuou perto de nós. — Muito bom, Ruby. Eu nunca a vi dormir tão em paz.

Balancei a cabeça. — Espere... E Brayden e Gail? Ainda preciso da ajuda de Tia Pearl para tirá-los do globo de neve.

Tyler franziu a testa. Ele não conseguia ver nem ouvir minha avó fantasma.

— Ah, relaxe, Cen — disse Vovó Vi. — Você não precisa de Pearl. Posso ser um fantasma, mas ainda sou a melhor bruxa por aqui. Quem você acha que ensinou tudo isso a Pearl?

— Então você me ajudará? — Eu já não ligava se Tyler ou Earl estavam ouvindo-me ou não. Que eles pensassem que eu estava falando sozinha. Valia a pena para tirar Brayden e Gail do globo antes que fosse tarde demais.

Eu nunca vira Vovó Vi fazer magia, nem viva nem morta. Ela se aposentara antes de eu nascer. Ela sempre fazia com que as filhas fizessem tudo para ela, principalmente Pearl. Vovó Vi sempre fazia promessas que não podia cumprir. Eu só esperava que esta não fosse uma delas.

— Vou considerar — disse Vovó Vi. — O que eu ganho?

Desta vez, decidi não responder e alarmar Tyler ainda mais. Em vez disso, virei-me para Tia Amber. — Tudo bem, conte para nós o que Tia Pearl estava fazendo com Merlinda.

Tia Amber falou por quinze minutos seguidos. Quando terminou, estávamos sem palavras. Ela era a última pessoa de quem eu esperava uma confissão.

Eu me senti traída. Tia Pearl fizera planos grandiosos para a franquia global da Escola de Encantamento de Pearl com Merlinda como sócia. Não era algo que eu queria, mas fiquei ressentida por ela nem ter me perguntado.

— Você sabia de todos os planos de negócios de Pearl e Merlinda e não falou uma palavra até agora? — Tyler franziu a testa enquanto anotava algo no bloco de notas. Ele se inclinou para a frente e esperou que Tia Amber explicasse.

— É agora que você lê os meus direitos? — Tia Amber olhou de Tyler para mim, com medo do que aconteceria com ela. — Estou sendo presa?

Tyler suspirou. — Não, a não ser que tenha cometido um crime. Você cometeu?

— Claro que não! Como você pode dizer isso? — Tia Amber cruzou os braços e tentou conter a raiva. — Eu implorei para Pearl contar a você. Quando ela não contou, isso me deixou em uma sinuca de bico. Traio minha irmã? Ou escondo só para ser acusada de assassinato?

— Ninguém acusou você de assassinato. Mas você pode ser cúmplice. — Senti que Tia Amber ainda não estava sendo completamente sincera. Olhei para Tia Pearl, que roncava tranquilamente no sofá.

— Você diz, tipo, ajudar Pearl? — Tia Amber balançou a cabeça. — Não tive nada a ver com o plano dela, pelo menos não diretamente. Não vejo por que devo me incriminar só porque Pearl não quer cooperar.

Meu rosto ficou vermelho. — Nada acontecerá com você se contar a verdade, Tia Amber. Precisamos descobrir o que está acontecendo. Só diga a Tyler o que sabe e não terá problemas.

— Cen tem razão — disse Tyler. — Precisamos desvendar isso.

— Depois disso, talvez você possa me ajudar a libertar Brayden e Gail — disse eu esperançosamente.

Tia Amber encolheu os ombros. — Posso tentar, mas não sou muito boa nesse tipo de coisa.

Era óbvio que Tia Amber não tentaria nada. E eu não podia culpá-la. Quando Tia Pearl acordasse, ela com certeza se vingaria pela traição de confiança da irmã. Eu tinha que resgatá-los, mas não podia contar com minhas tias. Como sempre, elas estavam agindo como crianças. Seria cômico se não fosse trágico.

— Teria sido legal se você tivesse contado sobre os planos de Pearl com Merlinda mais cedo — disse Tyler.

Tia Amber olhou nervosamente para a irmã adormecida. — Eu queria contar a você... mas Pearl me fez jurar que guardaria segredo.

Na verdade, ela me fez assinar um contrato de confidencialidade. É por isso que eu não podia contar sobre os planos de negócios. Eu não sei os detalhes. Pearl disse que anunciaria no jantar. Logo antes de Merlinda... — A voz dela sumiu enquanto olhava para a entrada.

— Devido às circunstâncias, você deveria ter dito algo — disse eu.

Tia Amber balançou a cabeça enquanto limpava uma lágrima da bochecha. — Ah, Pearl ficaria furiosa se eu estragasse a surpresa dela. Foi por isso que ela convidou Brayden para o jantar. Ele prometeu diminuir alguns impostos se a sede da Escola de Encantamento de Pearl ficasse em Westwick Corners.

— Espere... o quê? Até Brayden sabia dos planos de Tia Pearl antes de nós? — Fiquei tão brava que considerei por um momento deixá-lo no globo de neve.

Tia Amber concordou com a cabeça. — Brayden e Pearl planejaram fazer uma conferência de imprensa juntos no começo de janeiro.

Eu era a única "imprensa" que havia em Westwick Corners e abrir uma escola mágica em uma ilha distante dificilmente seria considerado notícia local. O que me enfurecia mais era que todos sabiam, menos eu. Se Tia Amber sabia, Mamãe sabia. Brayden sabia e podíamos considerar que Merlinda dissera a Dominic. Era como uma conspiração. Todos sabiam, menos Tyler e eu. E, possivelmente, Earl.

— Nem todo mundo. — Vovó Vi flutuou na minha frente, interrompendo meus pensamentos. Eu odiava como ela sempre lia minha mente.

Comecei a falar, mas me segurei a tempo. Eu não queria parecer ainda mais louca na frente de Tyler, que não conseguia ver nem ouvir Vovó Vi.

Redirecionei a atenção para Tia Amber. — Como uma redução de impostos que deixará a cidade contra Tia Pearl é uma "notícia"? — Fiz um movimento de aspas com os dedos. — É na verdade só uma notícia ruim porque nós, que pagamos impostos, teremos que pagar o dobro para cobrir a diferença.

Eu não conseguia ver como aquilo beneficiaria a cidade de alguma forma. Como suspeitei, Tia Pearl não convidara Brayden para nosso

Natal em família só por simpatia. Ela o convidara por motivos financeiros.

Tia Amber deu de ombros. — Não pergunte para mim. Você sabe que odeio essas coisas de finanças. Fico com dor de cabeça só de pensar. Só fiz o que Pearl me pediu.

Os olhos de Tyler encontraram os meus. — Isso me lembra uma coisa. O acordo de Merlinda com Pearl não foi a única parceria recente dela. Merlinda teve outra com Dominic.

— É claro. O casamento secreto — disse eu. — Você não acha estranho que, como recém-casados, eles não conversaram em detalhes sobre o voo de Merlinda para casa? Se Dominic sabia disso, por que veio de surpresa para Westwick Corners?

— É — disse Tyler. — Considerando que ela já teria ido embora se o voo não tivesse sido cancelado por causa da tempestade. Não havia como ele saber sobre isso antes. Ele também teria que ter comprado uma passagem antes para o Natal.

Concordei com a cabeça. — Todos os voos do aeroporto de Shady Creek foram cancelados hoje de manhã por causa da tempestade, assim como o de Merlinda. Só há um voo diário para Shady Creek. O avião nunca chegou, portanto, Dominic já estava na cidade há mais tempo.

Tia Amber balançou a cabeça. — Westwick Corners é pequena demais. E um visitante de fora como Dominic seria notado. Todos se conhecem aqui. E também fofocam.

— Talvez ele tenha ficado em Shady Creek — sugeri. O Cadillac chamativo que Dominic alugara era muito destoante das minivans e picapes da cidade. A aparência tatuada também atrairia bastante atenção.

Virei-me para Tyler, mas ele já estava ao telefone. Ele disse algo que não consegui entender muito bem e desligou, colocando o telefone no bolso e virando-se para nós. — Parece que Dominic já está no Motel 6 de Shady Creek há uma semana.

— Ele já estava por aqui e não disse nada a Merlinda? — Os olhos de Tia Amber se estreitaram. — Não é o normal para alguém recém-casado. Por que esperar para vê-la?

— Ele me disse que Tia Pearl o convidara para surpreender Merlinda, mas é muito estranho que ele tenha falado com Tia Pearl e não com ela. — Lembrei-me da chegada de Dominic. Como Tia Pearl saberia que Merlinda acabaria não pegando o avião para casa?

A menos que ela tivesse planejado algo. Pareceu-me estranho que ela fosse anunciar franquia do negócio em Vanuatu, que dirá convidar outras pessoas para passar o Natal conosco. Ela era geniosa, imprevisível e fazia as coisas em segredo, mas algo dera errado porque eu sabia que ela nunca machucaria Merlinda.

Pelo menos não achei que ela pudesse. Mas alguém machucara Merlinda. Eu tinha certeza de que Tia Pearl nunca mataria alguém, mas conseguia vê-la encobrindo um acidente terrível. Ela também nunca gostara de admitir que estava errada. Até onde ela iria para esconder a verdade?

Primeiro, o chá adulterado. Depois, o negócio secreto com Brayden e, agora, o segredo com Dominic. Isso explicava por que os dois homens estavam em nossa comemoração. Mas não combinava com Tia Pearl. Eu não conseguia parar de pensar nisso. Tia Pearl nunca cometera erros com feitiços ou poções. Mas a coisa mais incriminadora de todas era o fato de ela nunca ser hospitaleira com alguém sem motivo, dentro ou fora da família. Nunca mesmo.

Tia Pearl era culpada de algo, mas eu tinha certeza de que não era assassinato.... ou era?

CAPÍTULO 26

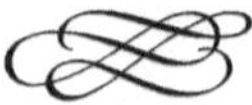

Enquanto minha mente pensava no que Tia Pearl era realmente capaz, Vovó Vi flutuou de um lado ao outro na sala de estar. Ela estava visivelmente perturbada.

— Cendrine, como você pode sequer cogitar algo assim? Pearl nunca machucaria alguém.

Eu não sei o que pensar, Vovó. Ninguém viu o que aconteceu com Merlinda, então estou pensando em todas as possibilidades. Você viu algo?

Vovó Vi balançou a cabeça lentamente. — Eu estava muito ocupada me sentindo mal enquanto vocês estavam devorando o jantar.

Espere... você consegue ler o pensamento de todos aqui, não consegue? Quem matou Merlinda estaria pensando nisso.

— Não é como funciona, Cen. Quando leio mentes, só escuto coisas nas quais estou concentrada. Em outras palavras, tenho que fazer um esforço para ler uma mente. Com todos vocês no mesmo cômodo falando e pensando, é quase impossível me concentrar o suficiente nos pensamentos de uma pessoa para que faça sentido. Se eu soubesse o que iria acontecer... Desculpe, mas não tenho pistas para você.

— Mas nas circunstâncias certas... — Não era tarde demais. Talvez o assassino estivesse pensando no crime naquele momento. Tudo que precisávamos fazer era colocar o assassino no mesmo cômodo que Vovó Vi.

Tyler franziu a testa. — Cen, o que você falou?

— Nada... ah, talvez seja uma boa ideia interrogar cada um de nós de forma privada. — Hesitei em nos chamar de suspeitos, mas era o que tecnicamente éramos. Na verdade, até Tyler. E eu.

Alguém ainda precisava desvendar o que acontecera. Certa ou errada, eu tinha certeza de que conseguiria eliminar os membros da minha família como assassinos. O que eu não podia eliminar era a chance de alguém ter causado um acidente trágico.

Qualquer que fosse o envolvimento de Tia Pearl, quanto mais depressa resolvêssemos tudo, melhor. Se ela tivesse feito besteira com o chá de ervas, era melhor que admitisse. Se fosse algo pior, bom, eu não queria nem pensar nisso. Meu estômago se contraiu só com o pensamento.

Tia Amber pareceu preocupada. — Cen, você não acha mesmo que Pearl matou Merlinda, acha? Digo, claro, ela cometeu um erro com o chá, mas foi um acidente.

Os olhos de Tia Pearl abriram com a menção do chá. — Eu já falei, Amber, não havia nada de errado com meu chá. Nunca descobriremos quem foi o assassino se você continuar falando besteira. — Ela bocejou e aninhou-se de volta no sofá.

Afastei da mente o pensamento de que havia um assassinato e virei-me para Tia Pearl. — Falei mais sobre a oportunidade secreta de negócio.

Além da bruxaria, a missão da vida de Tia Pearl era administrar o máximo de pessoas de negócios possíveis fora da cidade. Pelo jeito, agora ela também estava recrutando. Isso por si só já era um grande sinal de perigo.

Os olhos de Tia Pearl abriram enquanto ela piscava falsamente os cílios em uma inocência zombeteira. — Que oportunidade de negócios? Não tenho ideia do que está falando.

— A franquia da Escola de Encantamento de Pearl — disse eu.

Tia Pearl me olhou interrogativamente. — Que franquia?

— Sua parceria em Vanuatu com Merlinda. — Até mesmo Tia Pearl estava explorando Merlinda. — O que você ganha com isso?

— Ah, isso. — Os ombros rosados de Tia Pearl apareceram por baixo do terninho de veludo verde enquanto ela sacudia um dedo para Tia Amber. — Eu sabia que você não conseguiria guardar o segredo. Olhe, eu só dei um quarto vazio e um quadro para Merlinda aqui por bondade. Em retorno, ela me daria uma parte de seus ganhos no negócio de Vanuatu. Eu recusei, mas ela insistiu.

— Você me expulsou da minha própria casa só para dar meu quarto completamente de graça para uma estranha? — A luz fantasmagórica de Vovó Vi escureceu, ficando um tom profundo de vermelho. Ela estava furiosa. — Você me disse que ganhávamos dinheiro com aluguel. Como pode me trair assim?

Vovó Vi agora morava comigo em uma casa separada na propriedade. Nossa casa na árvore espaçosa era moderna, confortável e privada: a acomodação perfeita para um fantasma. Ela se mudara comigo quando convertêramos a mansão da família em uma pousada, muito antes de Merlinda ficar com o quarto antigo de Vovó Vi. A mudança de Vovó Vi fora necessária porque não podíamos arriscar que ela assombrasse os hóspedes. Ela ainda não superara aquilo.

— Ninguém expulsou você — disse Tia Pearl. — Não foi isso que aconteceu.

— Ah, e o que foi que aconteceu exatamente, então? — perguntou Vovó Vi furiosa. — O que quer que tenha sido, não é assim. Quero uma restituição. E quero meu antigo quarto de volta.

Nós a ignoramos.

— Por que Merlinda começaria um negócio em Vanuatu? Achei que ela quisesse fugir de lá. — Eu estava frustrada com a história que sempre mudava. Também fiquei chateada por Vovó Vi não gostar de morar comigo.

Tia Amber interrompeu. — É verdade que Merlinda queria sair de Vanuatu para sempre, mas Pearl a convenceu a ficar lá. Pearl queria que Merlinda capitalizasse em cima de seus talentos e obtivesse lucro.

Tia Pearl jogou as mãos para cima. — Aí vai outro segredo. Que boca grande, Amber.

— Então é verdade? — Eu já sabia a resposta.

Tia Amber concordou com a cabeça. — As duas planejavam abrir uma filial da Escola de Encantamento de Pearl em Vanuatu.

Aquilo não fazia sentido. A única filial em operação da Escola de Encantamento de Pearl mal se sustentava com uma aluna. Replicar o modelo de negócio em uma ilha distante parecia financeiramente desastroso. Por outro lado, Merlinda era tipo um burro de carga sobrenatural, pelo menos de acordo com as história do culto à carga. Talvez Tia Pearl planejasse se aproveitar dela também.

— Pare, Amber — reclamou Tia Pearl. — Posso falar por mim mesma.

— É mesmo? Então por que não fala? — perguntou Tia Amber docemente. Ela estava claramente feliz em deixar a irmã se enrolar.

Tia Pearl estava totalmente acordada agora. — Bela tentativa, mas não vou ser enganada a revelar meus segredos de negócios. Vou perder minha vantagem competitiva.

Tia Amber deu de ombros. — Acho que é comigo, então. Pearl tinha planejado se juntar a Merlinda em Vanuatu depois do Natal para arrumar a loja. Ela deixaria tudo funcionando em troca de uma porcentagem das taxas. Merlinda era a protegida dela.

— Não fale de mim como se eu não estivesse aqui — protestou Tia Pearl. — Metade do que você está dizendo nem é verdade.

— Quais partes, exatamente? — perguntou Tyler.

Tia Pearl deu de ombros. — Por que importa?

Tia Amber balançou a cabeça com decepção. — Isto é muito sério, Pearl. Esperei que dissesse alguma coisa, que admitisse. Mas você nunca fez isso.

— E nunca farei. Quero um advogado. — Tia Pearl se mexeu no sofá, inquieta. O feitiço já passara completamente agora.

Franzi a testa. — Se Merlinda estava preocupada de que seu pai fosse se aproveitar dos talentos sobrenaturais dela, o novo negócio não iria só antagonizá-lo?

— É aí que entra Pearl — disse Tia Amber. — Duas bruxas são

melhores do que uma e o pai dela não teria poderes suficientes para detê-las. Elas operariam como Escola de Encantamento de Pearl juntas e depois Merlinda tomaria conta de tudo. Os habitantes da ilha veriam que Merlinda tinha a magia do culto à carga, não seu pai nem ninguém mais. Era a única coisa que a libertaria dele. Pearl seria a cobertura dela caso o pai tivesse uma reação negativa.

Tia Pearl poderia ser bem persuasiva. Talvez Merlinda tivesse se sentido pressionada a seguir com o plano dela. — Não entendo. Merlinda queria acabar com o culto à carga de John Frum. Isso só o perpetuaria.

Tia Amber deu de ombros. — Pearl convenceu Merlinda a mostrar seus talentos e talvez até mesmo encorajar alguns dos habitantes locais a desenvolverem os próprios talentos sobrenaturais. Pearl pode transformar qualquer uma em bruxa. Contanto que se esforcem.

Tia Pearl olhou para mim com o elogio. — Eu falei, Cen.

Revirei os olhos com a provocação. Eu estava cansada de ser considerada uma bruxa horrível.

Tia Amber deu um tapinha em meu ombro. — Não leve para o lado pessoal, Cen. Pearl viu o potencial de Merlinda e uma grande oportunidade de mercado. Ela pensou que, se todas as pessoas que acreditam no culto à carga se esforçassem, não teria como se aproveitar deles. Com alguns feitiços simples, ela achou que poderia convencê-los a entrar em sua escola.

— Você quer dizer que ela os encantaria para entrar em sua escola. Isso é trapaça. — Parecia mais trabalhoso do que valia a pena, sem mencionar que era contra as regras da WICCA. Mas, se Tia Pearl era alguma coisa, era oportunista.

— Mas se os outros habitantes da ilha não são bruxas, como podem praticar bruxaria? — perguntou Vovó Vi. — Como isso é possível?

Tia Pearl sorriu. — Está tudo no ingrediente secreto. Tudo é possível quando você acredita em si mesmo.

Isso era errado e eu tinha que dizer. — Ah, entendi. Você vai caçar essas pobres almas e prometer a eles o impossível. Você acha que, como acreditam no culto à carga e em John Frum, pode só pegar o dinheiro delas e convencê-las de que realmente podem ter poderes sobrenaturais.

— Credo, Cen. Você faz parecer tão feio.

— É porque é. Você faria qualquer coisa por uns trocados.

— Basicamente. — Tia Pearl sorriu. — Ou uns vatus. É o dinheiro de Vanuatu.

CAPÍTULO 27

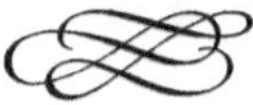

Estava bem claro que ninguém me ajudaria a trazer Brayden e Gail de volta. Era um pequeno consolo saber que Tia Amber e Vovó Vi não eram muito melhores do que eu na bruxaria. Agora, eu não tinha em quem me espelhar. Bom, quase ninguém.

Mamãe conseguia realizar muito mais do que eu, mas seu limite era apenas mais ou menos uns doze feitiços. Eu provavelmente herdara minha falta de comprometimento dela. A única possibilidade real era Tia Pearl, mas ela deixara bem claro que eu precisava fazer aquilo sozinha. O futuro de Brayden e Gail, ou a falta dele, estava somente em minhas mãos.

Meu livro de feitiços estava na casa da árvore, mas andar pela neve para pegá-lo levaria tempo demais. Qualquer coisa poderia dar errado enquanto Brayden e Gail ainda estavam presos no limbo e eu não podia arriscar.

De repente, lembrei-me de que o livro de feitiços de Mamãe estava na casa. Corri para a cozinha e vasculhei a gaveta inferior bagunçada da mesa onde Mamãe mantinha o livro de feitiços da WICCA e peguei-o. Ele estava empoeirado, provavelmente porque Mamãe raramente mexia nele. Ela se concentrava em remédios de ervas que sabia de cor.

A capa de couro desgastada pareceu reconfortante contra minha mão quando abri o livro. Folheei as páginas finas e logo achei o feitiço de transporte e seu feitiço de reversão. Lembrei-me das palavras já conhecidas quando comecei a ler a primeira linha.

Ao ler mais, parei. As palavras na edição antiga de Mamãe eram um pouco diferentes do que eu lera no meu livro. Não era uma diferença grande, mas o suficiente para me fazer pensar. O texto fora mudado só para modernizar ou era um problema com a versão antiga?

Sempre segui meus feitiços ao pé da letra e ainda tinha problemas para lançá-los. E se a diferença de palavras na versão antiga significasse que não funcionavam mais? Ou pior, e se significasse que era perigoso? Um errinho poderia ter consequências graves para Brayden e Gail.

Enfim, era uma chance e um risco que eu teria que correr. Eu não tinha mais opções. Segurei o livro aberto e corri para a varanda. Eu tinha que estar completamente concentrada na tarefa e sem distrações de minhas tias ou de qualquer outra pessoa. Eu também não podia correr o risco de interferência. Eu só tinha mais ou menos um minuto antes que alguém saísse para ver o que estava acontecendo e precisava ficar sozinha para me concentrar.

Eu reli a página, concentrando meu olhar em Brayden e Gail no globo de neve no gramado. Eles não batiam mais no vidro invisível. Agora, eles mal se moviam e estavam aconchegados um no outro para se aquecer.

Eu tinha que fazer funcionar.

Eu li as palavras várias vezes até que as tivesse decorado. Em seguida, canalizei todas as minhas energias para o globo de vidro no gramado e recitei:

VOLTE, VOLTE,
Volte para mim
Quando você voltar,
Vai se libertar,

. . .

BATA, BATA E BATA
No vidro
Dê um passinho
E volte para casa.

O FEITIÇO ERA CURTO E DOCE, MUITO MAIS SIMPLES DO QUE EU imaginara. Era o oposto do feitiço de transporte original. Eu só precisava falar claramente e visualizar Brayden e Gail.

Mas nada aconteceu.

Repeti o feitiço várias vezes.

Nada.

Era diferente porque estavam dentro de um globo? Havia outros tipos de globos? Eu não tinha a menor ideia. Lembrei-me do meu aprisionamento no globo de neve. Eu não me lembrava exatamente como saíra, mas conseguira de alguma forma voltar. Portanto, Brayden e Gail também conseguiriam. Eu conseguiria.

De acordo com Tia Amber, Tia Pearl esquecera a última frase do feitiço que usara em mim. Olhei para baixo para o livro e reli a última frase. Ela era idêntica à que eu me lembrava do meu livro de feitiços. Não parecera importar que Tia Amber tivesse interrompido e falado a última linha do feitiço de Tia Pearl. Parecia que todos poderiam falar as palavras... fosse uma bruxa ou duas. Tinha que haver outro motivo para o meu feitiço não estar funcionando.

A última coisa de que me lembrava da minha prisão no globo de neve era um som baixo, a rena batendo a pata no chão e o vidro quebrando, finalmente libertando-me.

Força pura também poderia ser outra forma de quebrar o feitiço. Se eu não conseguia conjurá-lo, poderia fazer algo similar. Eu só precisava de força suficiente para quebrar o vidro sem machucar Brayden e Gail e, se permanecesse concentrada embaixo do globo, poderia quebrá-lo e libertá-los.

Encostei-me contra a casa enquanto folheava pelo livro de feitiços de Mamãe com os dedos meio congelados. Havia vários feitiços que poderiam talvez funcionar: um feitiço de terremoto e um feitiço de apocalipse. Dava para trabalhar com isso, mas era um pouco drástico. A destruição catastrófica generalizada com certeza aniquilaria todos nós. Além disso, mais alguma coisa poderia dar errado, principalmente nas minhas mãos.

Aquilo me trouxe de volta para o feitiço de reversão de transporte. Recitei o feitiço novamente com cuidado para falar lenta e claramente.

Nada.

Como Einstein dissera, repetir a mesma coisa várias vezes e desejar um resultado diferente era loucura.

Eu fiz por puro desespero porque não sabia o que mais fazer.

Eu acabara de me virar para voltar para dentro quando a força da explosão me derrubou. Caí para trás e escorreguei pela beirada da varanda coberta de gelo. Depois, tudo escureceu.

$\mathcal{A}$bri os olhos e vi o olhar preocupado de Tyler. Ele apertou minha mão. — Cen, o que aconteceu? Brayden a encontrou na varanda. Você estava desmaiada e congelando.

Brayden? Se ele saíra do globo, significava que meu feitiço funcionara! Talvez o empurrão magnético do globo de Merlinda tivesse sumido. Ou talvez eu estivesse finalmente pronta para ser uma bruxa. O que quer que fosse, eu estava aliviada e orgulhosa.

— Não consigo me lembrar... — Eu estava aconchegada com travesseiros no sofá da sala de estar e não conseguia me lembrar de como chegara ali. Minha última lembrança era de estar do lado de fora, recitando o feitiço. Tudo depois disso era um grande nada. Sentei-me ereta e observei a sala.

Mamãe, Tia Pearl e Tia Amber estavam na porta que dava para a entrada.

Brayden estava sentado na poltrona perto da lareira. Ele sorriu com um olhar de alívio. — Como está, Cen? Você me deu um baita susto.

Pelo que parecia, Brayden não se lembrava do globo de neve.

Tia Pearl sorriu. — Cendrine West! Você arrasa quando se esforça! Viu o que consegue fazer com um pouco de esforço?

Concordei com a cabeça. Massageei a testa, tentando me lembrar do feitiço. Tudo de que me lembrava era de recitar a última linha do livro de feitiços de Mamãe. O livro de Mamãe! Olhei em volta, mas não o vi em lugar nenhum. Eu devia tê-lo deixado na varanda. Sem dúvida, agora estava todo molhado e danificado. Levantei-me rapidamente. — Tenho que pegar o livro.

— Relaxe, Cen. — Mamãe bateu os dedos no livro de feitiços. — Ele está aqui comigo. Não precisa se preocupar.

— Onde está o resto do pessoal? — Na verdade, eu estava falando de Gail, mas não queria dizer o nome dela.

— Se está procurando euzinha, estou aqui — disse Vovó Vi acima da minha cabeça. — Nossa! Essa foi por pouco. Você quase me pegou junto. Sentiu saudade?

Inclinei a cabeça levemente, apenas o suficiente para ela notar.

Ela desceu ao meu lado e parou logo acima do braço do sofá. — Eu já falei que você é minha neta preferida?

Eu sou sua única neta.

Tyler sorriu. — Você realmente não se lembra de nada, Cen? Você encontrou Brayden e Gail quase congelados do lado de fora. Mais alguns minutos e o negócio teria sido sério.

Vovó Vi deu uma estremecida exagerada. — Ah, gente! Você salvou o dia, Cendrine.

Gail reapareceu de repente quando seu nome foi mencionado. Ela tomara um banho e trocara de roupa, e estava com a toalha enrolada na cabeça. Ela também usava o roupão de banho de Mamãe. — Tem algo que eu possa vestir?

Todos se viraram para mim.

Balancei a cabeça. — Desculpe, mas todas as minhas coisas estão na casa da árvore. Acho que você terá que esperar suas roupas secarem. — Eu estava secretamente aliviada e quase feliz por a minissaia de lantejoulas e a jaqueta de couro dela não poderem ser colocadas na secadora.

Ela também não podia ir embora com o roupão de Mamãe. O que era bom, pois eu tinha muitas perguntas.

Tia Amber também tinha uma.

— Você sabia que romã em francês é *grenade?* — perguntou Tia Amber.

Eu não sabia se ela estava referindo-se à explosão do globo de neve de Merlinda ou outra coisa, mas estávamos prestes a ser desviados. — O que isso tem a ver, Tia Amber?

Ela deu de ombros. — Ah, nada. Ou talvez tudo. Estou com a sensação de que as coisas estão prestes a explodir.

Eu não tinha ideia de onde Tia Amber estava tentando chegar, mas sabia de outra coisa. Eu tinha tirado Brayden e Gail da prisão deles e eu queria algo em troca. Claro, eu tinha que fazer aquilo já que os tinha colocado lá, mas as coisas poderiam ter sido muito piores se não os tivesse resgatado.

Gail levantou a cabeça depois de secar o cabelo com a toalha. — Com certeza as coisas não são o que parecem. Veja Merlinda, por exemplo. Não sei por que todo esse fuzuê em volta dela. Ela não era uma santa.

A porta da cozinha bateu, seguida de passos pesados. Dominic apareceu na porta da sala de jantar. Ele estava molhado e desgrenhado como se estivesse estado do lado de fora. — Ei! Cuidado com o que diz sobre Merlinda. Tenha respeito. Ela é a vítima aqui.

— Dificilmente — falou Gail com deboche. — Ela era só uma garotinha riquinha que chorou quando não conseguiu o que queria.

Eu o olhei de cima abaixo e fiquei imaginando se Tia Pearl tinha algo a ver com a aparência bagunçada dele. — O que aconteceu com você?

Dominic me ignorou. Ele fechou a cara para Gail. — Como você sabe? Você nem deu uma chance a Merlinda.

Tyler e eu trocamos olhares. Do que eles estavam falando? A discussão entre Gail e Dominic me pareceu estranha para duas pessoas que tinham acabado de se conhecer.

Gail abriu a boca para falar, mas pensou melhor.

— Veja, aí está a bomba — disse Tia Amber, sorrindo. — *Touché.*

CAPÍTULO 29

— ocês dois se conhecem, não é? — Olhei primeiro para Gail e depois para Dominic.

Gail desviou o olhar e voltou a secar o cabelo com força demais.

A reação de raiva dela me disse que eu tinha acertado. Dominic e Gail se conheciam e tínhamos acabado de desmascará-los. Mais um segredo exposto.

— Sim, nós nos conhecemos — disse Dominic suavemente. — E agora eu queria que não tivéssemos nos conhecido.

Brayden arregalou os olhos em choque. — Como vocês podem se conhecer? Dominic acabou de chegar de Vanuatu e você mora em Shady Creek...

Gail deu de ombros com uma expressão presunçosa.

Brayden observou o rosto de Gail atrás de uma resposta. — Você mentiu para mim.

Gail choramingou. — Eu não menti. Só não falei nada porque achei que você fosse ficar bravo.

— Por que eu ficaria bravo? — Brayden pareceu confuso enquanto olhava de Dominic para Gail. De repente, ele se deu conta de que o relacionamento deles provavelmente fora romântico, não platônico.

Gail segurou a mão de Brayden e puxou-o para mais perto. —

Posso explicar, Bray. Dominic e eu ficamos juntos há muito, muito tempo, antes de ele se mudar para Vanuatu. Mas estou com você agora e isso é tudo que importa.

O queixo de Brayden caiu. — Mas por que esconder de mim? O que está acontecendo, Gail?

— Eu não escondi nada de você. Você só nunca perguntou — respondeu Gail docemente.

Brayden pareceu confuso. — Mas... mas por que eu perguntaria? Os dois agiram como se tivessem acabado de se conhecer.

Gail fez um gesto de dispensa com a mão. — Você não precisa saber todos os detalhes da minha vida, Brayden. Mas, como não tenho nada a esconder... Dominic e eu ficamos juntos durante alguns meses. Nunca mencionei porque achei que você ficaria com ciúmes. Como está agora.

Brayden tinha muitos defeitos, mas ciúmes não era um deles. Como uma ex-namorada ignorada, eu sentira na pele. Ele se concentrava demais em si mesmo para notar qualquer coisa assim. Mas fiquei com pena dele. Ele não merecia o tratamento de Gail.

— Hm, é. É verdade. — Dominic ficou visivelmente aliviado. Ele se virou para Brayden. — Foi há muito tempo. Você tem algum problema com isso?

Brayden engoliu em seco quando uma ponta de dúvida passou pelo seu rosto. — Ahm... acho que não. Vocês são só amigos agora, certo?

— Isso — respondeu Dominic. — Nada demais.

Lembrei-me do jantar, quando Gail olhara com raiva para Merlinda. As pessoas ficavam com ciúmes o tempo todo, mas havia algo mais acontecendo ali. Algo além de inveja. Algo verdadeiramente sinistro. Mesmo com roupão fofo de Mamãe, ela parecia assustadora. Algo me dizia para não dar as costas a ela.

— Falarei com qualquer homem que eu quiser, Brayden — disse Gail. — Você não é meu dono, então pare de ser tão controlador. — Ela falou para Brayden, mas olhou furiosamente para Dominic.

— Eu não... só achei que você deveria ter dito algo... — A expressão ferida de Brayden disse tudo. Ele não tinha como prever a revelação de Gail. — Digo, estamos passando o Natal juntos, poxa.

Virei-me para Gail. — Vocês ficaram juntos? Quando?

— Não é da sua conta, Cendrine — retrucou Gail.

Brayden cruzou os braços. — Bom, definitivamente é da minha conta. Se não há nada entre você e Dominic, então por que esconder? O que está acontecendo, Gail?

Gail resmungou baixinho, mas não falou nada.

Virei-me para Gail. — Acho que seu relacionamento com Dominic é muito mais recente do que está mostrando. Encontrar com ele aqui é muita coincidência. Estar com Brayden foi só uma desculpa para se convidar para a ceia de Natal.

— Eu disse a Brayden para trazer uma convidada. Só nunca achei que ele fosse trazer uma psicopata — disse Tia Pearl.

Encarei Tia Pearl.

— O que Cen está dizendo é verdade? — Brayden se virou para Gail.

Gail continuou em silêncio.

Dominic pigarreou e olhou desconfortavelmente para o chão.

Quem cala, consente.

Todo mundo se deu conta e eu soube. — Admita, Gail. Você estava com ciúmes de Merlinda. Mas não era por causa do olhar apaixonado de Brayden. Foi o relacionamento de Dominic com Merlinda que deixou você furiosa.

— Por que eu teria ciúmes dela? Não estou nem aí para com quem Dominic namora. — A defensiva casual de Gail era muito diferente da expressão de raiva no rosto dela. Ela cuspiu as palavras como veneno.

— Ah, mas você está sim — disse eu. — Você manipulou Brayden para ficar com ele. Admita, Gail. Seu romance ao contrário foi só um plano para se aproximar de Dominic e Merlinda.

— Por que eu faria isso? Eu tenho um namorado. — Gail olhou para Brayden esperando confirmação.

— Eu não tenho mais tanta certeza — disse Brayden. — Você ainda não está me contando tudo, eu sei. Não gosto de ser usado.

A impetuosa e fora de controle Gail não combinava em nada com o sério e alpinista social Brayden. Apesar de Brayden ter trazido Gail para o jantar para me deixar com ciúmes, ele não era do tipo que usava as pessoas. Em vez disso, ele fora vítima das mentiras e da manipulação de Gail.

Brayden e Gail não eram o único casal estranho. Dominic também parecia errado para Merlinda, mesmo que eu não a conhecesse tão bem. Gail e Dominic, por outro lado, faziam sentido total. Na verdade, eles se mereciam. Todas as peças do quebra-cabeça tinham se encaixado.

— Posso explicar tudo, Bray. — Gail segurou a mão de Brayden. — Vamos conversar em um lugar mais calmo.

Brayden puxou a própria mão da mão de Gail. — Não. Já ouvi o suficiente.

Dominic se virou para Gail. — Bom, já que Brayden está pulando fora, vamos conversar. Temos muito o que colocar em dia.

Inacreditável. Merlinda acabara de morrer e Dominic queria fazer as pazes com Gail.

Gail fez uma careta para Dominic. — Seu babaca. Não tenho nada para conversar com você. Achei que eu conhecia você. Acontece que, aparentemente, não sei absolutamente nada.

Dominic levantou a mão direita. — Gail, eu posso explic...

Qualquer fingimento de que eram estranhos acabou.

Gail cobriu as orelhas. — Guarde para falar para alguém que se importa.

— Eu me importo. — Dominic engoliu em seco. — Só nunca esperei que...

— Você me traiu, Dom. Achei que tínhamos um futuro juntos. — A voz dela falhou e seu lábio inferior tremeu. Ela estava à beira das lágrimas, desmoronando sob a máscara durona.

Brayden balançou a cabeça. — Eu não acredito nisso. Eu me sinto um idiota.

— *Você* é um idiota por ter trazido essa mulher. — Vovó Vi flutuou acima da cabeça de Brayden.

— Nisso, você acertou — disse Tia Pearl.

Dominic suspirou. — Vocês saberão disto mais cedo ou mais tarde. Mesmo que Gail não admita. Ela também é de Vanuatu.

Gail balançou as mãos. — Isso é uma loucura. Não faço a menor ideia do que ele está falando.

— Espere... o quê? — Brayden franziu a testa, confuso. Ele se virou para Gail. — Se você é de Vanuatu, por que não tem sotaque?

— Ela não é daqui, como eu — disse Dominic. — Nós dois trabalhamos na loja de mergulho no hotel da família de Merlinda.

Aquilo era óbvio. Eles tinham mais ou menos a mesma idade. Os dois eram meio rudes e tinham algumas qualidades negativas. O relacionamento deles não me ocorrera até agora porque já estavam, pelo menos em teoria, com outras pessoas.

— Você foi usado, Brayden — disse Tia Pearl. — Você só é idiota demais para notar. Ela nunca esteve interessada em você. Você é sério demais.

— Tia Pearl! — disse eu. A sinceridade bruta dela era quase tão ruim quantos as mentiras habituais.

— Mas... mas... — O rosto de Brayden ficou vermelho.

Senti uma ponta de empatia pelo meu ex-noivo. Brayden não era idiota. Ele só era muito egoísta para ver o que Gail realmente era: uma manipuladora fria e calculista que o estava usando para conseguir o que queria.

Brayden estava claramente magoado. Pela primeira vez em muito tempo, ele precisava de nós e eu não o deixaria na mão.

Eu queria abraçá-lo.

Mas, em vez disso, eu lancei um bom e velho feitiço.

A vingança era um prato que se comia frio.

CAPÍTULO 30

Meu feitiço de congelamento funcionou. Talvez até bem demais, já que eu só queria congelar Gail e Dominic, não Brayden. Brayden foi um dano colateral porque ele estava muito perto de Gail quando lancei o feitiço.

Ops. De novo.

Mamãe se segurou em Tia Amber. — Nossa! Essa foi por pouco, Cen. Você quase nos pegou no feitiço também. Dê um aviso na próxima vez.

— Desculpe, Mamãe. Acho que me empolguei no momento. — Verdade seja dita, nunca esperei que o feitiço funcionasse. Normalmente, não funcionava porque eu sempre errava um ou dois detalhes importantes. Hoje fora diferente. Magicamente, eu estava com tudo.

— Muito bem, Cen! — Tia Pearl bateu palmas. — Ainda há esperança para você.

Concordei com o elogio ácido enquanto estudava nossos três convidados inconscientes. Eu usara um feitiço de congelamento em Gail, Dominic e Brayden como uma forma de desviar a situação. O triângulo amoroso deles poderia atrapalhar nossa investigação logo quando estávamos quase desvendando tudo. A última coisa de que precisávamos era outra morte em nossas mãos.

Meu feitiço não chegara nem perto dos feitiços de Tia Pearl, mas fora forte o suficiente para nos dar alguns minutos para conversarmos entre nós. Lançar feitiços não era tão difícil depois de pegar o jeito. Resolvi dedicar mais tempo e atenção à minha bruxaria. A prática levava à perfeição. Aquela seria minha resolução de Ano Novo.

Tyler franziu a testa. — Espero que tenha um plano, Cen.

— É claro — menti. Minha magia tinha congelado o triângulo amoroso e dado-nos alguns minutos para conversar. Além disso, eu não fazia ideia do que fazer em seguida.

Earl entrou na sala e parou abruptamente ao ver os três convidados congelados. Ele deu um passo atrás e tropeçou no tapete, caindo para trás.

Tyler o pegou bem a tempo e colocou-o de pé de novo.

— Minha nossa! O que está acontecendo aqui? — A voz de Earl subiu alguns oitavos. — É melhor que eu não seja o próximo!

Tyler balançou a cabeça. — Espere o inesperado, Earl. Você deveria saber disso em relação às mulheres da família West a essas alturas.

Tia Pearl fez um gesto com a mão. — Não escute o que ele diz, Earl. Você não tem nada com o que se preocupar. Você sabe que eu sempre o proteg... — Ela parou no meio da frase ao ver que a observávamos.

Tia Amber fez um bico e começou a mandar beijos para o ar. — Ounnn.... Pearl gosta tanto de você, Earl. Qual é o segredo? Eu nunca a vi assim com ninguém.

— Amber, pare com isso! — Tia Pearl corou.

Earl também estava com vergonha. O rosto corado ficou da cor da camisa de flanela vermelha. Ele ignorou a pergunta de Tia Amber e mudou de assunto, apontando para os três congelados juntos na sala. — Qual é o problema com eles?

— Ahm.... nenhum. — Eu apressadamente inventei uma história para explicar. — Eles estão dormindo enquanto decidimos algumas coisas.

— Você diz como o que aconteceu com Merlinda? — Claro, Earl já estava perto de Tia Pearl havia tempo suficiente para não ter notado os poderes sobrenaturais dela e, assim, os meus. Havia muito sobre nossa família que desafiava explicações.

Earl era tranquilo, mas também era esperto. O que tornava sua atração por Tia Pearl ainda mais misteriosa. Talvez fosse uma atração de intelectos. Não poderia ser a personalidade amigável dela.

Concordei com a cabeça. — Isso. Só vai levar alguns minutos.

Tia Pearl sorriu animadamente. — O que Cen quis dizer é que estamos jogando um jogo para ver quem se finge de morto por mais tempo. Você perdeu quando saiu da sala.

Tia Amber prendeu a respiração. — Que péssima escolha de palavras, Pearl.

Tia Pearl revirou os olhos. — Você entendeu o que eu quis dizer.

Estávamos só atrasando o inevitável porque os jogos de Tia Pearl voltariam para a verdade. E a verdade era que ainda havia um assassino entre nós.

Earl também não estava acreditando nas besteiras de Tia Pearl. Ele encolheu os ombros e andou em direção à janela. — Parece muito tranquilo para você, Pearl. Estou pensando em ir para casa. A tempestade deu uma trégua e as últimas horas foram demais para mim. Não posso arriscar ter um ataque do coração.

— Ninguém vai a lugar algum — disse Tyler. — Principalmente você, Earl. Posso precisar da sua ajuda.

— Olhe, Earl... — Tia Pearl corou, a voz normalmente mau-humorada estava bem doce. — Pelo menos uma vez na vida, concordo com o delegado. Você só ficará entediado em casa. Você sabe que gosta de se manter ocupado. Fique... Prometo que farei valer a pena.

— Não sei... — Earl olhou pensativo pela janela. — Estou um pouco cansado. Vocês me deixam exausto às vezes.

Tia Pearl bateu o pé no chão, com a disposição calma de momentos antes sumindo completamente. — Você não pode ir embora agora. Ainda tenho muitas coisas planejadas e mal começamos nossa comemoração de Natal.

— É isso que me assusta. — Earl balançou o braço em direção aos três convidados. — Você não pode só apagar as pessoas quando está a fim.

— Foi Cen que fez isso, não eu. No entanto, ela demorará anos para consertar tudo. Como sempre, sobrou para mim. — Tia Pearl balançou os braços e sussurrou algo.

Comecei a protestar, mas foi tarde demais.

Os olhos de Dominic se abriram. Em seguida, Brayden acordou, seguido de Gail alguns segundos depois.

— Viu, Earl? Nenhum problema. — Tia Pearl apertou o braço de Earl. — Só fique mais um pouquinho e ajude-me a fazer as coisas andarem. Você não vai se arrepender.

Tia Pearl certamente não se arrependia. Era exatamente disso que eu tinha medo.

CAPÍTULO 31

Os três convidados grogues se levantaram. Eles estavam cansados, atordoados e confusos. A aparência deles também estava pior do que antes.

Brayden andou até o sofá e jogou-se nele, esfregando as têmporas. — Estou com uma dor de cabeça horrível. Por que não fiquei em casa?

Lancei o feitiço em Brayden de volta para poupá-lo. Da dor de cabeça e de Gail. Dentro de segundos, ele estava dormindo.

— É, bom, eu vou para casa. Para Vanuatu. — Dominic se virou para Gail. — Quer uma carona de volta para Shady Creek? O tempo melhorou, então as estradas devem estar abertas agora. Esperamos até o aeroporto reabrir e pegamos o próximo avião para casa.

Olhei para fora e notei que o Escalade de Dominic estava estacionado na entrada de novo.

— Só por cima do meu cadáver, fedelho — disse Tia Pearl.

Gail riu com deboche. — A gente resolve isso rapidinho, velhota.

Tyler parou entre Gail e Tia Pearl e balançou a chave do carro de Dominic. — Ninguém vai a lugar algum até eu dizer que pode. E isso não acontecerá até que tenhamos descoberto o que aconteceu com Merlinda. Portanto, comecem a falar.

— É, é isso aí. — Earl parou atrás de Tyler. — Vamos ficar todos aqui.

Gail vasculhou a bolsa em busca do celular. — Qual é o problema de vocês? Não podem nos prender aqui. Vou ligar para a polícia.

— Não precisa. O delegado Gates está bem aqui — disse Tia Amber com um sorriso doce.

— Estou falando da polícia de verdade. Que piada. O delegado não fez nada para nos manter em segurança — disse Gail. — Não sei o que vocês estão tramando, mas não vou ficar aqui com um monte de gente louca e ter o mesmo destino de Merlinda.

Dominic coçou a cabeça. — Nem eu.

Gail engasgou e apertou a barriga. — Espere... acho que alguém também me envenenou. Foi aquele bolo de Natal. Ou talvez o chá... O que quer que seja, estou me sentindo horrível.

— Quem você está acusando... — Tia Pearl parou no meio da frase. — Ah, não. Pode parar. Você está tentando armar para mim e Ruby!

Tia Amber segurou Tia Pearl por trás e colocou a mão sobre a boca dela.

Dominic se encostou na parede para se apoiar. — Também estou me sentindo meio mal.

Gail se virou para Dominic. — Nós dois vamos morrer e a culpa será sua. Se tivesse feito o que deveria, eu não estaria aqui agora.

— Que seja. Eu cansei de discutir com você — Dominic escorregou e sentou no chão contra a parede.

— Parem de enrolar — disse Tyler. — Isso só piorará as coisas para vocês no fim das contas. Vocês dois ainda estão escondendo algo e quero saber o que é.

— É, botem para fora — exigiu Tia Pearl. — Digam o que fizeram com Merlinda.

Dominic levantou a mão em protesto. — Eu não fiz nada com Merlinda, juro. Não vou levar a culpa por isso. Eu falei para Gail que não podia continuar, mas ela não me ouviu. Não é o que parece. Posso explicar tudo.

— Ah, mas não vai mesmo. — Gail pegou o globo de neve tropical de Merlinda da árvore e jogou-o em Dominic. — Você me disse que era só um trabalho. Que se aproximar de Merlinda fazia parte do plano. Seu mentiroso!

— Gail, desculpe, eu não... — Dominic se abaixou quando o globo de neve voou pelo ar.

Felizmente, a mira de Gail não fora boa. Eu me aproximei da linha de fogo e estiquei o braço para pegar o globo de neve. Ele agora mal brilhava, já que sua criadora tinha partido para sempre. Mas ainda parecia errado que o que sobrasse virasse cacos de vidro.

Meus dedos tocaram nele, mas por pouco. Eu me equilibrei precariamente em um pé e equilibrei o globo com uma mão. Ele era muito grande para segurá-lo com uma mão só. Ele rolou pelo meu braço e acertou meu peito, desequilibrando-me.

Suspeitei de que o globo de Merlinda tivesse ainda mais poderes do que eu tinha testemunhado, mas não tinha desejo algum de testar essa teoria. Cada bruxa criava feitiços de forma um pouco diferente. Algumas até colocavam armadilhas em seus feitiços para evitar que outras bruxas o adulterassem. Se Merlinda tinha protegido o globo de alguma forma além da repulsão magnética, eu não tinha ideia, mas deixá-lo cair estava fora de questão.

Suspirei aliviada quando consegui finalmente segurar o globo firmemente nas mãos. Eu o pressionei contra o corpo, mantendo-o próximo enquanto recuperava o equilíbrio.

Gail pegou uma garrafa de vinho vazia e jogou-a em Dominic. Desta vez, ela acertou o alvo. — Seu babaca! Você disse que Merlinda nos deixaria ricos. Em vez disso, você ficou ganancioso e traiu-me. Seu trabalho era matá-la, não casar com ela!

Dominic levantou os braços com a palma das mãos para cima em rendição. — Ela morreu, não foi? Você conseguiu o que queria. — A voz dele falhou enquanto lutava para conter as emoções.

— Você se apaixonou por Merlinda. — Tia Pearl olhou para Dominic. A voz dela falhou. — Mesmo assim, você a matou. Como pôde?

— Eu... eu não a matei, juro. Eu tinha que sequestrá-la, não matála. Mas não consegui nem fazer isso. Eu dei para trás porque a amava. Não podia fazer nada disso.

— Mentiroso — sibilou Gail. — Você é incapaz de amar alguém.

Você ficou ganancioso e deu um jeito de me tirar de jogo. Era por isso que você não respondia às minhas mensagens. Você me largou sozinha para cuidar da loja de mergulho, de tudo, enquanto esperava que voltasse. Você não me ligou nem uma vez para saber como eu estava. Agora sei por quê. Em vez de sequestrar Merlinda, você estava apaixonado por ela durante todo este tempo. Você achou que poderia se casar com ela para herdar tudo. Bom, você matou a galinha dos ovos de ouro. Espero que apodreça na prisão, seu maldito!

    rayden roncou alto no sofá, totalmente alheio à briga entre Gail e Dominic que acontecia diante de nós. Formamos um semicírculo em volta de Gail e Dominic. Eles olhavam um para o outro como se fossem duelar até a morte.

Dominic era um criminoso sem consciência ou um marido de luto que causara a morte da própria mulher. De qualquer forma, eu não sentia pena. Ele fora pego com a mão na massa e parecia muito empenhado em incriminar Gail e direcionar a culpa para ela.

Dominic suspirou. — Tínhamos planejado sequestrar Merlinda e pedir um resgate para o pai dela. Quando isso acontecesse, enviaríamos uma prova de vida com um vídeo mostrando Merlinda implorando por ajuda. O pai de Merlinda pagaria porque precisava de Merlinda e dos poderes sobrenaturais dela em Vanuatu. Ele precisava dela para conjurar mais carga. Todo o esquema de John Frum dele dependia disso.

— Exceto que nem isso você conseguiu fazer — disse Gail. — Quando você não ligou, tive que vir aqui para ter certeza de que tinha terminado o trabalho. Aí descobri que você, em vez disso, estava com ela. Planejamos tudo juntos, Dom. Como pôde fazer isso comigo?

— Eu falei que não podia continuar, mas você não me escutou. —

Dominic se virou para Tyler e falou com a voz falhando enquanto lágrimas escorriam pelo seu rosto. — Terminei tudo com Gail há algum tempo, então não é como se eu a tivesse traído.

Tia Pearl riu com deboche. — Ah, que atencioso. Você terá o que merece, fedelho.

Eu me aproximei de Tia Pearl, pronta para segurá-la caso avançasse em direção a Dominic. Eu realmente esperava que não chegasse a isso. — Tia Pearl...

— Você está me ameaçando, Pearl? — perguntou Dominic. — Eu não faria isso no seu lugar. Eu também sei coisas sobre você.

— Você está blefando — disse Tia Pearl. — Você não pode ter nada contra mim. Eu não fiz nada de errado.

— Talvez só o chá — interrompeu Tia Amber. — Até mesmo você comete erros, Pearl.

— Pare com isso, Amber — retrucou Tia Pearl. — Você não está ajudando.

Tia Amber balançou a cabeça. — A chantageadora Pearl está querendo problemas, rapazinho. Você não tem ideia do que ela é capaz.

Dei um tapinha no braço de Tia Pearl. — Você já falou o suficiente. Deixe Tyler cuidar disso. — Desviar a conversa poderia arruinar qualquer chance de confissão.

— Não me diga para calar a boca, Cen. Dominic merece um sermão. E talvez mais alguma coisa.

— Não, Tia Pearl... — protestei.

Dominic levantou os braços em rendição. — Você tem razão. Eu mereço o que quer que aconteça. Por mentir e tal. Mas não pela morte de Merlinda. Eu nunca a machucaria. Eu sei que parece ruim, mas juro que não tive nada a ver com a morte dela. Foi um acidente horrível.

Gail encarou Dominic. — Seu mentiroso. Eu não tinha ideia do que estava acontecendo até hoje, quando vi vocês dois juntos. Você casou com ela para me tirar da jogada. Casamento era a forma suprema de ter o poder dela e ficar rico no processo. Bom, isso não vai mais acontecer, né?

— Isso nem faz sentido — disse Dominic. — Merlinda vale muito menos morta do que valia viva. Além disso, eu a amava. Eu nunca me aproveitaria dela desta forma.

Eu estava convencida de que Gail não planejara tudo sozinha sem o envolvimento de Dominic. Se ele tinha ou não dado para trás, mesmo assim estava no esquema desde o início.

— Eu não vou levar a culpa por você — retrucou Gail. — Você é tão responsável quanto eu.

Dominic apontou o dedo para ela. — Ahá! Você admite que a matou!

Os olhos de Gail se estreitaram. — Claro que não! Eu não estou admitindo nada. Mas sei de uma coisa, Dominic. Sei que você tem um plano reserva. Aposto que fez um grande seguro para ela.

— Aahh, então agora Merlinda é uma menina pobre? Você nem pensou nisso quando a matou — debochou Tia Pearl.

— Fique fora disto, Pearl. — Tyler parou na frente de Tia Pearl, enxotando-a. Em seguida, virou-se para Dominic. — Continue falando.

— Eu admito que nós... digo, eu, planejei me aproximar de Merlinda — disse Dominic. — O plano era ganhar a confiança dela e sequestrá-la. Isso era impossível em Vanuatu. Eu estava fora do círculo social dela e não havia como entrar. Não havia como me aproximar dela. Portanto, quando Merlinda saiu de Vanuatu pela primeira vez para o primeiro semestre da Escola de Encantamento de Pearl, peguei o mesmo avião. Eu subornei a companhia aérea para sentar-me ao lado dela e joguei meu charme para chamá-la para sair. Eu disse a ela que era um empresário com negócios nos EUA. No entanto, eu tinha que voltar em algum momento para Vanuatu e para meu trabalho na loja de mergulho enquanto ela estava aqui na Escola de Encantamento de Pearl. Foi assim que começamos a sair. Tínhamos um relacionamento à distância desde o início.

. . .

GAIL FECHOU A CARA. — VOCÊ ARRASTOU TANTO AS COISAS QUE FIQUEI cansada das suas desculpas. Você só queria continuar saindo com Merlinda quando ela voltava para casa nos recessos do semestre.

— Nosso relacionamento à distância não era suficiente para mim e Merlinda também sentia o mesmo. Nós nos casamos em segredo em Vanuatu durante um desses recessos.

Gail engasgou. — Você se casou em Vanuatu? Bem debaixo do meu nariz? Como pôde fazer isso, Dominic?

— Ele não podia exatamente convidar você para o casamento. — Tia Amber riu.

Dominic a ignorou, parecendo determinando a terminar de contar o resto da confissão. — Mantivemos nosso casamento em segredo e enrolei Gail. Eu não ia sequestrar minha própria mulher.

— Você não precisava, depois de me cortar. Você ficou rico da noite para o dia — debochou Gail.

Dominic encarou Gail. — Tudo deu errado quando o pai de Merlinda descobriu nosso casamento. Ela teve que escolher: eu ou Vanuatu. E eu tive que escolher entre Merlinda e o plano de Gail.

— Ah, então agora o plano é meu? — O rosto de Gail ficou vermelho. — Estávamos juntos nessa, Dom. Não tente se safar. Não vou levar a culpa por você.

Dominic suspirou, exausto. — Eu disse não a Gail, mas ela não me ouviu. Portanto, eu a enrolei o máximo que pude, achando que Merlinda pelo menos estaria segura aqui na escola. Aí Gail me disse que não esperaria mais. Foi isso que me trouxe aqui. Mas eu não podia levar o plano adiante.

— Mentiroso — disse Gail. — Você a matou.

Dominic balançou a cabeça. — Não. Tudo que consegui fazer foi considerar o sequestro.

Tia Amber soltou um assobio alto. — Como alguém sequestra a própria esposa? Nunca ouvi nada assim antes. Você não parece nada inocente para mim.

— Foi necessário para a proteção dela. Para salvá-la de algo pior. — Dominic soltou um suspiro longo. — Eu realmente não sei o que estava planejando. Achei que talvez pudéssemos desaparecer e começar de novo em algum lugar. Nunca esperei isso.

Tyler balançou o braço para todos nós. — Aparecer em um jantar é um jeito estranho de sequestrar alguém. Todos nós somos testemunhas. A não ser que a visita repentina fosse parte do plano. Bancar o marido amoroso em uma visita surpresa e tirar Gail da jogada.

Dominic concordou com a cabeça lentamente. — Acho que esta parte é verdade. Pode me prender por isso. Mas eu não a matei.

CAPÍTULO 33

— *D*ominic faz com que pareça que eu o forcei a sequestrar Merlinda, mas isso não é verdade — disse Gail. — Ele já tinha exigido cinquenta mil dólares do pai de Merlinda em uma carta de resgate. E o pai dela teria pago. Cinquenta mil é um trocado em comparação com o que ele ganhava com os feitiços de Merlinda. Ele precisava da magia dela.

Virei-me para Dominic. — Isso é verdade?

Gail levantou o celular. — Tenho a foto do bilhete de resgate bem aqui.

Dominic balançou as mãos em protesto. — Eu admito que escrevi o bilhete de resgate, mas nunca cheguei a mandá-lo. E eu com certeza não matei Merlinda. Eu a amava.

— Ah, claro — debochou Gail. — Assim como você disse que me amava. Mas, pensando bem, ainda podemos dar um jeito. Não tem mais Merlinda, mas ainda podemos aproveitar essas bruxas aqui.

— De jeito nenhum. — Tia Pearl encarou Gail. — É melhor você rezar para que não lancemos mais nada em você.

O queixo de Tia Amber caiu enquanto ela olhava primeiro para Tia Pearl, em seguida para Mamãe e depois eu. — Espere um minuto, Gail... você sabe que somos bruxas? Quem contou a ela?

Como se aquela fosse a coisa mais importante do momento.

Como se não estivéssemos pisando sobre ovos a noite inteira em relação à magia falando do culto à carga de Merlinda e todo o resto.

— É claro que eu sabia! — respondeu Gail. — Vocês são óbvias demais. Você realmente se acha tão inteligente que ninguém sabe sobre o seu "tempero especial"? — Ela fez um gesto de aspas com os dedos. — É claro que eu sabia que Merlinda estava conjurando coisas. Assim como vocês estavam fazendo coisas. Todo o projeto John Frum era sobre isso. Só que, agora, preciso de um substituto para Merlinda. Se vocês quiserem fazer parte, posso fazer valer a pena.

— Não estamos fazend... — Parei no meio da frase.

Gail tirou uma arma da bolsa e apontou-a para mim. — Acho que acabei de encontrar uma nova oportunidade de negócios para nós, Dom. Pegue as velhotas enquanto lido com esta daqui. Vamos começar o nosso próprio culto à carga aqui em Westwick Corners.

— Você não é páreo para as bruxas de Westwick, mocinha! — Tia Pearl de repente pulou entre nós e, com uma força surpreendente, empurrou Gail para uma cadeira que aparecera magicamente atrás dela. Em alguns segundos, mãos invisíveis amarraram as mãos e os pés de Gail à cadeira com uma corda.

Tia Pearl limpou as mãos uma na outra como se tivesse acabado de terminar uma tarefa desagradável. — Parece que você não é tão esperta quanto acha.

Gail fechou a cara. — Não. Sou mais inteligente que vocês todos juntos. Vocês estão ocupadas demais pensando em como são maravilhosas. Na verdade, vocês são tão cheias de si que nem notam outras pessoas.

— Nem os truques sujos delas — suspirou Tia Amber. — Eu com certeza nunca esperei um assassinato bem embaixo do meu nariz. Mas não sei como isso me faz muito cheia de mim.

Gail revirou os olhos. — Vocês estão tão concentradas em coisas triviais que não estão conseguindo ver toda a história.

— Pare de mudar de assunto, Gail — retrucou Tia Pearl. — Não é tão fácil quanto parece, sabia? A pobre Merlinda teve que conjurar todo tipo de coisa para poder suprir as demandas do esquema do culto à carga. Ela ia para casa todo final de semestre e trabalhava dia e noite para refazer o inventário. Ela tinha que fazer o suficiente para durar enquanto estivesse estudando. E sempre dava um jeito. Algo que você jamais teria conseguido.

Mamãe concordou com a cabeça. — A garota tinha que conjurar tudo aquilo como uma linha de montagem sobrenatural. Mas eu não entendo. Os talentos dela a tornavam mais valiosa viva do que morta.

— Exatamente. Para todo mundo, exceto uma pessoa. — Apontei para Gail. — Você é a que mais se beneficia com a morte dela. Mesmo sem o dinheiro do resgate, você precisava se vingar de Merlinda especificamente por ter roubado Dominic. Nada de dinheiro, e sim amor.

— Não seja ridícula — respondeu Gail. — Foi Dominic. Ele que vai herdar uma fortuna por causa do seguro de vida de Merlinda. Ele a matou.

— De quanto era o seguro, Dominic? — perguntou Tyler.

— Não é o que parece. Merlinda e eu fizemos seguros de vida porque é o que casais fazem. Você faz com que pareça que eu só queria o dinheiro dela. Perdi muito mais do que ganhei. Perdi o amor da minha vida. — Dominic começou a soluçar.

— Nossa, quantas lágrimas de crocodilo — disse Tia Pearl. — Merlinda me falou sobre você e sua manipulação. Ela estava se preparando para deixar você. Vocês dois são farinha do mesmo saco.

Gail riu com deboche. — Está vendo? Dominic a matou para que não o deixasse.

Brayden se mexeu no sofá. Ele abriu lentamente um olho e depois o outro.

— Fugir da culpa não vai funcionar, Gail. — Levantei a garrafa vazia do vinho barato de Gail. — Você colocou algo no vinho.

Ela negou com a cabeça. — Todo mundo bebeu, mas só Merlinda passou mal.

— Isso não é verdade — respondi. — Só você, Brayden e Merlinda beberam vinho branco, o que você trouxe.

— Isso é ridículo — disse Gail. — Eu bebi o vinho e ainda estou aqui. Assim como Brayden.

Balancei a cabeça. — Não. Você derramou o vinho de Brayden antes que ele pudesse bebê-lo. E você também não tocou na sua taça.

— Eu bebi sim — disse Gail. — Você que estava bêbada demais para ver.

Brayden se sentou rapidamente. — Meu Deus! Você tentou me envenenar!

Tia Pearl abanou a mão para ele. — Pare de ser tão dramático, Brayden. Você acabou nem bebendo, então por que se importa? As coisas não são sempre sobre você, sabia?

— Isso é muito importante! — gritou Brayden. — E se eu bebesse? Eu bebi tanto que sinceramente nem me lembro. E minha cabeça está me matando.

— É só ressaca — retrucou Tia Pearl. — Agora pare de interromper e volte a dormir.

Brayden abriu a boca, mas pensou melhor. Ele abraçou os joelhos, puxando-os para bem perto do peito.

— Bom, eu não estava bêbado demais para ver o que você fez, Gail — disse Earl. — Eu só bebi um pouquinho da gemada de Amber. Observei você a noite inteira. Eu a observei enquanto você observava os outros, na verdade. E vi que você não bebeu nem uma gota da sua taça de vinho. Eu sabia que você estava tramando algo. Só não sabia o quê.

— Mentiroso. Eu bebi um monte. — Gail se jogou para frente na cadeira, mas as cordas a seguraram.

— Você queria matar Merlinda, mas estava disposta a envenenar todo mundo no processo. — A voz de Tia Pearl tremeu com a raiva. — Você merece morrer que nem Merlinda. Estou a um passo de acabar com você agora mesmo.

Earl fechou a cara. — Tenho um conselho para você, Gail. Na próxima vez, feche a rolha direitinho. Bons convidados não levam garrafas abertas para jantares.

— Tudo bem, fui convencida — disse Tia Pearl. — Você já era, mocinha!

— Opa... Calma aí, Pearl. — Earl puxou Tia Pearl e passou os braços em volta dela. Ele tinha o dobro da altura dela, mas não foi a força dele que a fez parar. Foi o que ele disse. — Não faça nada de que possa se arrepender.

— Você tem razão — respondeu Tia Pearl enquanto se virava para Tyler. — Para variar um pouco, outra pessoa pode fazer meu trabalho sujo. Delegado? O que está esperando?

CAPÍTULO 34

*B*rayden, Mamãe e eu estávamos na varanda e assistíamos enquanto a van da polícia de Shady Creek desaparecia de vista. Dominic e Gail estavam em trânsito para a prisão de Shady Creek, os dois acusados da morte de Merlinda.

As estradas tinham sido reabertas uma hora antes. Nosso estacionamento estava cheio de veículos da polícia. A legista de Shady Creek e os técnicos de cena de crime permaneceriam no local examinando tudo pelo menos mais algumas horas. Tyler conversava com eles.

O que começara como um crime de oportunidade terminara como um crime passional. Eu nunca fora boa em geometria, mas, pensando bem, o triângulo amoroso era bem óbvio. Só desejei que tivéssemos decifrado tudo antes para tentar salvar Merlinda de um fim tão trágico.

Uma coisa ainda me deixava confusa. Merlinda não era nada além de uma pessoa comum. Ela era uma bruxa poderosa, mas falhou em ver as verdadeiras intenções de Dominic. Aparentemente, o amor era mesmo cego, mesmo para bruxas realizadas. Até mesmo Merlinda fora enganada quando seu coração foi envolvido.

Tia Pearl estava com um olhar distante. — Merlinda era uma bruxa tão poderosa. Um talento tão natural. Nunca mais veremos um potencial desses. A não ser... — Ela se virou para mim com um olhar esperançoso.

— Esqueça, Tia Pearl. — Dei um passo atrás e balancei a cabeça. — Você sabe que não sei fazer nada sob pressão. Lançar feitiços também não vai pagar minhas contas. Não quero o peso do mundo bruxo nas minhas costas como aconteceu com Merlinda.

Tia Amber suspirou. — Nem mesmo Merlinda aguentou, não é? Concordo com Cen. É muito triste. Ela era uma bruxa tão talentosa, mas muito inocente. Acho que é preciso ser os dois para ter sucesso.

Mamãe concordou com a cabeça. — Tadinha. Eu realmente achei que Merlinda tinha tudo. No final, parece que ela não tinha muita coisa.

As últimas horas tinham sido muito difíceis porque descobríramos sobre a existência triste de Merlinda. Parecia que todos tinham tirado vantagem dela para ganho próprio.

Tia Amber balançou a cabeça. — Não acredito que o pai de Merlinda usava a magia dela para fingir que tinha ressuscitado John Frum e o culto à carga.

Merlinda fora apenas um peão nas mãos do pai. Não era de surpreender que ela tivesse se refugiado no santuário relativo da Escola de Encantamento de Pearl e em Westwick Corners. Talvez ela até tivesse adiado a volta para casa de propósito, esperando ficar ali embaixo da neve.

Dominic também se casara com ela para benefício próprio. As coisas que deram poder a ela também acabaram matando-a. O custo final fora sua vida.

— Ela deixou a vida do pai muito lucrativa — acrescentou Tia Pearl. — A bruxaria dela o enriqueceu e tornou-o um figurão em Vanuatu. Vou rastreá-lo e prendê-lo em um contêiner de carga. Está na hora de uma viagenzinha para o sul do Pacífico.

Na mesma hora, Tyler entrou na sala de estar. Ele levantou as mãos em protesto. — Não interfira, Pearl. Já falei com a polícia de Vanuatu. Eles estão prendendo o pai de Merlinda neste exato momento. A justiça chegará a ele.

— Mas ele é o chefe da polícia — protestou Tia Pearl.

— Não mais — respondeu Tyler. — Ele foi demitido e substituído por um subordinado que já estava conduzindo uma investigação secreta própria. Nossas descobertas corroboram com as dele. O pai de Merlinda não saberá o que é liberdade por um bom tempo.

— Pelo quê? Assassinato? — perguntou Tia Amber.

— Não — respondeu Tyler. — Por extorsão, fraude e mais algumas coisas.

— Ele está escapando com muita facilidade — protestou Tia Pearl.

— Não conte com isso — disse Tyler. — Fiquei sabendo que ele tem muitos inimigos que estavam com medo de falar. Agora que ele foi preso e demitido da polícia, várias acusações estão vindo à tona. O que provavelmente significa mais acusações.

No final das contas, os habitantes locais nunca acreditaram realmente no culto à carga. Alguns foram na onda porque ganhavam coisas. Outros só fingiam que não sabiam de nada e aproveitavam as comemorações anuais, apesar de muitos pensarem que o pai de Merlinda transformara a história e as tradições deles em uma farsa.

Os olhos de Tia Pearl brilharam. — Mesmo assim, eu não me importaria com uma viagem tropical. Sinto uma oportunidade de negócios.

Suspirei. — Você não vai assumir o culto à carga de Merlinda, Tia Pearl. É melhor deixar isso para lá. Com certeza não será bem recebido pelos habitantes locais depois de tudo que aconteceu.

— Você pode vir comigo, Cen. — Tia Pearl piscou para mim. — Considere como uma viagem para estudar. Quando vir o potencial, talvez você mude de ideia. Sabe, voltar para a Escola de Encantamento de Pearl.

— Sem chances. — O motivo principal de Merlinda ser uma bruxa tão poderosa era simplesmente porque ela tivera que fazer mais feitiços na vida do que qualquer outra pessoa. Eu não tinha a menor vontade de seguir os passos dela.

Tia Pearl de repente ficou melancólica. — A pobre Merlinda só queria usar os poderes dela para o bem, não para enriquecer o pai. É irônico que ele quisesse que as pessoas pensassem que era o benfeitor em vez de o criminoso que de fato era. Ele se aproveitou dela. E os bens que não ficou para si nem usou para suborno, vendeu para lucrar. Foi assim que ele ficou rico, para começo de conversa.

— Acho que ele precisava controlar Merlinda, caso contrário, todo o plano e o poder dele virariam fumaça — disse Tia Amber. — Merlinda era a chave para o sucesso dele. Nem mesmo John Frum conseguia conjurar coisas do nada. Ela provavelmente ficou aliviada quando o voo foi cancelado. Poderia atrasar a volta.

— Mas ela sentia saudade de Vanuatu — disse Tia Pearl. — Eu a avisei para não voltar, mas ela não me ouviu. Ela sentia falta de Dominic e disse que queria só passar o feriado lá. Eu tive que agir rapidamente.

— Meu Deus, Pearl! — exclamou Tia Amber. — Você realmente a envenenou com aquele chá. Eu sabia!

— Não seja ridícula, Amber! Quantas vezes tenho que dizer? Não havia absolutamente nada de errado com o meu chá. Não cometi um erro, então dê um tempo, está bem? Não foi assim que a fiz ficar aqui. Em vez disso, fiz o voo dela ser cancelado.

Franzi a testa. — Não tem como só ligar para a companhia aérea.... espere um pouco. Você quer dizer que mudou o tempo? Você trouxe a tempestade? — Sempre achei que conjurar uma tempestade de neve estava acima das habilidades de qualquer bruxa. — Você acabou com o Natal de um monte de gente só para manter Merlinda aqui?

— Você deveria tentar, Cen. Todo esse poder sobre as pessoas é inebriante. Você pode até ser melhor que Merlinda se fizer um pouco de esforço. Primeiro, domine o feitiço do globo de neve. Depois... — Tia Pearl encarou o nada com um olhar esperançoso.

— Eu não quero... Ah, deixe para lá. — Não havia porque discutir. — Eu ainda acho que você deveria ter deixado Merlinda ir para casa. Prendê-la aqui é meio obsessivo, não acha?

— Não fiz isso por motivos egoístas, Cen. Eu tinha que salvar Merlinda de seu pai. — Os olhos de Tia Pearl de repente ficaram tristes. — Eu nunca esperei que a confusão chegasse aqui. O pai dela a ligava dia e noite, ordenando que Merlinda voltasse para casa. A pobre Merlinda se sentiu sem saída. Então achei uma saída para ela.

Aquela era mesmo Tia Pearl? Ela estava demonstrando seus sentimentos por alguém com quem se importava. Eu nunca a vira fazer aquilo. Nunca. — Ela nunca contou a você sobre o casamento secreto?

Tia Pearl balançou a cabeça. — Não. Se eu soubesse, teria tentado impedir. Ela me contou todo o resto, portanto, ou Dominic está mentindo sobre o casamento ou Merlinda ficou com medo de mencionar, caso seu pai descobrisse.

— Acho que a verdade finalmente veio à tona — disse eu. — Pobre Merlinda. É uma pena que o destino tenha os próprios planos.

CAPÍTULO 35

O dia de Natal foi calmo e sereno. Não havia provas da tempestade de neve horrível que passara por Westwick Corners durante a maior parte da véspera de Natal. Na verdade, o clima esquentara substancialmente.

As nuvens da tempestade sumiram, dando lugar a um céu azul brilhante. Era como se os eventos e infortúnios do dia anterior nunca tivessem acontecido.

Ou como se tivessem acabado.

Olhei para fora pela janela da sala de jantar enquanto bebia meu café. O sol da manhã aquecia os montes de neve, formando pequenos rios de água pela estrada.

Tremi, apesar do fogo alto na lareira. Estávamos confinados a um cantinho da sala de estar enquanto os últimos técnicos de cena de crime terminavam de colher provas. Eles tinham passado por todos os cantos da pousada, da sala de jantar e cozinha até o quarto de Merlinda.

Pobre Merlinda. Todas as vantagens que ela tivera na vida tinham sido usadas contra ela. Ela tivera dinheiro e poder, mas, no final, fora traída por amor e confiança.

— A polícia não demorará muito mais. — Tyler conversara com a polícia de Shady Creek e todos nós demos depoimentos. Não havia muito mais o que fazer, já que Dominic e Gail tinham feito confissões completas.

Sentei no sofá e aconcheguei-me em Tyler. Eu me sentia segura e a salvo com os braços dele em volta de mim, segurando-me perto do corpo dele. Eu era muito grata por tudo que tinha. Decidi nunca me esquecer disso. O destino triste de Merlinda me dera uma nova perspectiva sobre as coisas.

Eu tinha um namorado maravilhoso, uma família que me amava e talentos sobrenaturais incríveis que poderia usar se quisesse. Até a minha existência diária chata em Westwick Corners tinha um certo charme em comparação com as alternativas. Eu tinha tudo que uma garota poderia pedir e mais. O que realmente importava era o que eu fazia com o que tinha. Mas não fazer nada não era uma opção. Eu tinha que fazer alguma coisa.

Minhas habilidades naturais eram minhas e de mais ninguém, para serem canalizadas da forma que eu quisesse. Meus talentos não seriam usados para o mal nem para ganho pessoal. Em vez disso, eu aperfeiçoaria meus talentos para esforços filantrópicos para ajudar os outros.

Eu não tinha dúvidas de que Tia Pearl tinha uma opinião sobre isso. Mas, no fim, era só isso, a opinião de outra pessoa.

Os poderes eram meus para usar ou perder. Eu que os controlava e era minha decisão como faria aquilo. Mas, até que assumisse o controle do meu próprio destino, bruxas mais poderosas como Tia Pearl seriam mais espertas e melhores do que eu. Ou pior, eu seria uma vítima do mal, assim como Merlinda. Se eu quisesse ser forte, precisava aprender meus talentos e tornar-me uma bruxa mais poderosa.

Tia Pearl.

Observei a sala e fiquei aliviada de vê-la aconchegada em Earl. Os dois dormiam e roncavam suavemente em uníssono. A mão de Earl estava na perna de Tia Pearl. Era uma cena bonita. Tia Pearl normalmente escondia seu lado sentimental, mas ali estava ele, para que todos vissem.

Considerei brevemente tirar uma foto para deixá-la com vergonha, mas decidi que era melhor não. Eu não queria fazer nada que desencorajasse o romance dela com Earl. Ele era muito bom para ela. A natureza tranquila dele aliviava as partes difíceis dela. E, acima de tudo, ele a fazia feliz, apesar de ela não admitir aquilo facilmente.

Fui tirada dos meus pensamentos por Tia Amber. Ela balançou um copo vazio no ar. — Quem vai querer gemada?

— Você não pode estar falando sério, Amber — disse Mamãe. — Não são nem oito da manhã.

— Estou falando seríssimo — respondeu Tia Amber. — Depois de tudo que aconteceu, eu preciso de uma bebida. Eu ainda não dormi, então ainda não é de manhã. Pelo menos para mim.

— A gemada acabou — disse Mamãe. — Dei o restinho para Dominic e Gail. Achei que eles mereciam uma bebida de Natal. Foi a última por um bom tempo.

Vovó Vi riu enquanto flutuava ao lado de Mamãe. — Espero que tenha sido a última vez que vimos a cara deles.

— Ah, droga. — Tia Amber girou no lugar e andou em direção à cozinha. — Então será vinho.

— Ei, olhem. — Brayden apontou para a prateleira na lareira, onde estava o globo de neve de Merlinda. A luz pulsante dele ficara mais forte e transformara-se em um amarelo brilhante forte.

As luzes da árvore de Natal que piscavam e o fogo alto da lareira aqueciam a sala. Mas não era só o calor aconchegante ou a companhia das pessoas que eu amava. Senti mais alguma coisa, uma presença reconfortante, mas não familiar. Eu não sabia dizer o que era, mas estava lá.

E faltava mais uma coisa. Meu desejo de Natal ainda não fora realizado.

Peguei a mão de Tyler enquanto levantava. — Venha comigo. Quero mostrar uma coisa a você.

— Tem certeza? Parece que você precisa descansar um pouco. — Os olhos castanhos e quentes de Tyler brilharam quando ele colocou a mão na minha. — Acho que nunca tive uma véspera de Natal tão emocionante. A sua família atrai umas pessoas muitos estranhas.

Inclinei-me para frente e beijei-o. — É basicamente Tia Pearl.

Ele suspirou. — É sempre Tia Pearl.

— Tem certeza de que você quer se envolver com a minha família maluca? Você pode desistir, se quiser. Não tem ideia de onde está se metendo.

— Sei exatamente onde estou me metendo, Cendrine West. — Tyler fez um gesto com a cabeça em direção à Tia Pearl, que ainda roncava sonoramente com Earl.

Foi nosso primeiro momento calmo desde que Tyler chegara na noite passada e eu queria aproveitar o máximo possível o pouco de tempo que tínhamos. Eu queria meu desejo de Natal. Era tarde demais para nosso jantar de Natal, mas nunca era tarde demais para o romance.

Guiei Tyler ao redor da árvore de Natal para que ficássemos fora de vista o máximo possível. Fiquei na ponta dos pés e joguei-me nos braços dele, beijando-o sem pressa.

Foi quando eu vi.

No começo, achei que fosse um ornamento de Natal, um que não tinha visto antes.

Só que não.

Era um globo, menor e mais fraco que o de Merlinda. Ele estava nos ramos superiores da árvore de Natal, aproximadamente trinta centímetros acima de onde eu vira o globo de Merlinda pela primeira vez.

E não era qualquer globo. Era o meu globo. Não o que prendera Brayden e Gail mais cedo, mas outro. Um que eu provavelmente criara sem saber durante uma das minhas tentativas.

Era o meu desejo de Natal em todos os detalhezinhos. Enquanto o globo de Merlinda era uma Vanuatu tropical, o meu era Westwick Corners com neve.

Puxei Tyler para mais perto e espiei dentro do globo pequenino. Janelas de vidro com neve enquadravam a cena aconchegante de dentro: uma mesa para duas pessoas. Era exatamente o que eu imaginara. Não era de um tamanho normal, mas era o meu desejo de Natal mesmo assim. Eu o tornara realidade. Abracei Tyler e beijei-o.

Meu globo estivera escondido à plena vista o tempo todo. Ah, se eu tivesse olhado com mais atenção.

Soltei Tyler, ansiosa para contar as novidades. Meu globo de neve era lindo e forte. E eu o fizera sozinha, sem a ajuda de ninguém. Eu queria provar especialmente para Tia Pearl que meus feitiços eram muito melhores do que ela achava. Pensei bem e puxei Tyler para perto de novo.

Tyler sorriu. — Alguns segredos ficam melhores guardados, Cen. Pode ser útil em algum momento.

— Você tem razão. — Ele me entendeu. Ele me aceitou por quem e pelo que eu era. Até minha família doida. Saboreei o momento mais um pouco antes de voltarmos para a companhia de todos.

Tia Pearl se mexeu no sofá. Ela se afastou lentamente de Earl, com cuidado para não incomodá-lo. — Ruby diz que preciso de uma pausa de tudo. Mas não sei o que fazer. Aquela pobre garota. Eu queria poder tê-la salvado.

— Eu sinto muito, Tia Pearl — disse eu. — Sei o quanto você gostava de Merlinda. — Eu nunca vira minha tia gostar de alguém, muito menos expressar isso abertamente. Era um lado dela que eu não sabia que existia.

— Tudo bem. — Tia Pearl balançou a cabeça, mas não antes de uma lágrima descer pela bochecha dela. — Mas ela era minha melhor aluna e eu tinha muitos desejos para ela. E, assim, ela se foi. — Ela estalou os dedos.

Virei-me para ela. — Você terá outros alunos.

— Não é a mesma coisa, Cen. Merlinda não era como os outros. A única aluna...

Minha felicidade momentânea se transformou em irritação. — Tenho certeza de que há outras pessoas por aí que querem aprender. Talvez você deva fazer uma propaganda. Sabe, promover a Escola de Encantamento de Pearl.

Ela fungou. — Eu não quero qualquer aluno. Temos um processo de seleção bem rigoroso e eu com certeza não vou mudar isso.

— Talvez você deva ceder um poucos. Diminuir um pouco seu nível.

Foi como se ela não tivesse escutado. — Vamos fazer o seguinte. Deixo você voltar, contanto que prometa fazer as lições desta vez.

— Mas ainda não estou pront...

Tia Pearl bateu com o dedo no relógio. — É melhor se mexer, a aula começa em uma hora. — Ela levantou rapidamente do sofá, correu para a porta da frente e abriu-a. Em seguida, deu um passo para fora e voltou. — Vou preparar minha aula. É possível que eu me arrependa por dizer isso, mas a única aluna melhor que Merlinda era você, Cendrine. Estou fazendo isso pelo seu bem. Um dia, você me agradecerá.

— Mas eu não quero ser uma brux... — Percebi que ela me confrontara na frente de Tyler de propósito, para que eu não pudesse protestar. Apesar de Tyler saber do meu segredo, Tia Pearl não sabia que ele sabia. E eu não queria que ela soubesse. Ela já tinha poder demais.

Tyler sorriu e piscou. — Talvez você deva deixar Pearl ganhar esta. A cidade inteira fica feliz quando Pearl está feliz.

Joguei as mãos para o ar. Não via por que eu tinha que ser a cobaia. — Eu só queria que ela parasse de tentar arruinar minha vida.

— Pearl só gosta de você, Cen — disse Vovó Vi. — Ela quer que você seja sua melhor versão. Fique feliz com isso.

Eu estava prestes a responder quando vi algo.

Era o globo de neve tropical de Merlinda. Ele estava nos galhos da árvore de Natal, quase no topo. Ele pulsou com energia, iluminando a sala como uma lâmpada de muitos watts. Na verdade, ele vibrou com tanta energia que meio que esperei que levantasse voo.

— Acho que Merlinda está tentando nos dizer algo — disse Vovó Vi. — Ela quer que você fique no lugar dela.

Balancei a cabeça firmemente.

Tia Pearl seguiu meu olhar. — Está vendo, Cen? Não sou a única que pensa isso. Na verdade, é meu desejo de Natal.

— É um bom desejo, Pearl — concordou Mamãe. — Tenho certeza de que Cen pensará melhor. Dê um tempo a ela.

— Qual é o seu desejo, Cen? — Em seguida, ela acenou com a mão. — Ah, deixe para lá. É algo com o delegado Gates, não quero ouvir.

Tyler riu baixinho.

— É um segredo. — Sorri e pensei no meu globo de neve escondido nos galhos da árvore de Natal.

Tia Pearl piscou para mim. — Cuidado com o que deseja, Cen. Pode se realizar.

E como ela estava certa.

NOTA DA AUTORA

As Bruxas de Westwick são um produto da minha imaginação, mas John Frum e o culto à carga são reais. Pelo menos, até um determinado ponto. Tomei algumas liberdades na minha história, mas não está muito longe da verdade. Se quiser saber mais, é possível encontrar várias informações históricas e modernas.

John Frum é um dos vários cultos à carga que existiram em áreas remotas no sul do Pacífico e em outros lugares. Frum é o nome coletivamente associado aos vários marinheiros que chegaram em Tannu, uma das ilhas da minúscula nação de Vanuatu no sul do Pacífico.

Naquela época, Vanuatu era coletivamente conhecida como as ilhas de Nova Hébridas. Apesar de as ilhas serem remotas, elas recebiam visitantes ocasionais no começo do século XX e os habitantes locais ficavam impressionados com as modernidades e a riqueza aparente.

No entanto, foi durante a Segunda Guerra Mundial que o culto realmente decolou. 300.000 tropas ficaram nas ilhas, chegando pelo mar e pelos céus. Eles tinham consigo todo tipo de suprimentos ou "carga", como os homens chamavam os equipamentos. As tropas construíram barracões Quonset e, de repente, as ilhas calmas explodiram com indústrias.

As caixas de carga incluíam tendas, suprimentos médicos e armas. Eles também levaram para as ilhas caminhões, geladeiras, carne enlatada, doces e Coca-Cola. A qualidade de vida dos habitantes das ilhas melhorou absurdamente com todas essas novas comodidades. Foi, em uma palavra, mágico.

Antes de isso acontecer, os habitantes das ilhas acreditavam em histórias e crenças antigas que tinham sido gravadas e contadas durante gerações. Naturalmente, algumas dessas fábulas foram misturadas com histórias dos homens e da carga que tinham chegado recentemente na ilha. A partir daí, o culto à carga de John Frum nasceu. Muitas das lendas de John Frum são uma mistura de crenças antigas com as esperanças modernas que os visitantes bem equipados levaram para Vanuatu.

John Frum pode ou não ser uma corruptela de "John from America", "John from (qualquer lugar)" ou algo diferente. Independentemente do nome, alguma forma deste culto ou pseudo-religião existiu bem antes da Segunda Guerra Mundial. Mas a chegada das tropas pareceu ser uma prova irrefutável das lendas antigas. As crenças das pessoas eram diferentes: algumas consideravam John Frum uma entidade religiosa, outras o consideravam uma figura mística e outras ainda acreditavam que ele era uma composição fictícia de visitantes antigos da ilha e tempos melhores.

Mas a guerra finalmente acabou, assim como o tempo das tropas em Vanuatu. Na verdade, as coisas acabaram bem abruptamente, como é esperado de uma operação militar quando uma guerra acaba. A partida repentina significou o fim das conveniências modernas, já que mais ninguém estava transportando comidas exóticas e utensílios convenientes para os habitantes locais.

Quando os habitantes da ilha viram sua nova realidade, algumas pessoas que acreditavam até mesmo criaram marcas de pouso cerimoniais para encorajar os visitantes a voltar pelos céus, se não fosse pelo mar. Se morasse em uma ilha com absolutamente nada, você provavelmente também celebraria uma fantasia inventada. Se estranhos chegaram do nada com todos os tipos de tesouros, com certeza aconteceria de novo. É melhor pecar pelo excesso, certo?

Seja pensamento positivo, crença real ou só uma desculpa para se divertir, muitos habitantes de Vanuatu ainda celebram as conveniências estranhas e incríveis trazidas pelos aviões, frotas navais e fuzileiros navais das forças armadas e fazem predições para seu eventual retorno. Pessoas que acreditam de verdade aguardam o dia quinze de fevereiro de todos os anos como uma data de retorno prometida e até as que não acreditam aproveitam os desfiles e comemorações anuais. Quinze de fevereiro é o dia oficial de John Frum em Vanuatu.

Lembra um pouco a véspera de Natal e Papai Noel...

Espero que tenha gostado de ler *Bruxarias de Natal* tanto quanto gostei de escrever. Você pode me ajudar a continuar escrevendo sobre a série fornecendo comentários e sugestões em uma avaliação sincera. Eu leio todas as avaliações, pois elas me ajudam a determinar a direção da série, quais personagens participarão e se continuarei a escrever esta série ou se criarei uma nova.

Obrigada por ler meu livro!

Colleen Cross
www.colleencross.com

OUTRAS OBRAS DE COLLEEN CROSS

<u>Boletim informativo de novos lançamentos</u>
http://eepurl.com/c0jHW1

<u>Série de Aventuras de Suspense e Mistério com a Investigadora Katerina Carter</u>
Teoria dos Jogos
Fórmula Mortal
Greenwashing : A Farsa Verde
A Farsa Vermelha - uma curta história

<u>Série Mistérios das Bruxas de Westwick</u>
Que Bruxaria é Essa?
Bruxas aos Farrapos
Bruxas e Famosas
Bruxarias de Natal

Não ficção
Anatomy of a Ponzi Scheme

www.ingramcontent.com/pod-product-compliance
Lightning Source LLC
Chambersburg PA
CBHW060554190726
48283CB00003B/1002